Nicolas Idier

易杰，汉语言学士、艺术史博士，曾任历史教师，在巴黎-索邦大学完成以中国艺术史为题的博士论文后，出版了数本关于中国的著作，其中1500页的百科全书《上海》2010年作为"书"系列中的一部分，由罗伯特·拉芳出版社出版。他也是科尔勒伏出版社Nunc杂志审稿委员会的成员及Nunc之友协会副主席，负责组织汝拉省弗龙特奈当代诗歌音乐节。2010年进入法国外交部，任法国驻中国大使馆图书与思想交流处文化专员，2014年调任法国驻印度大使馆，现居新德里，为巴黎-索邦大学远东研究中心副研究员，目前正在准备一部中国文化史的大百科全书。

海天译丛

石头新记

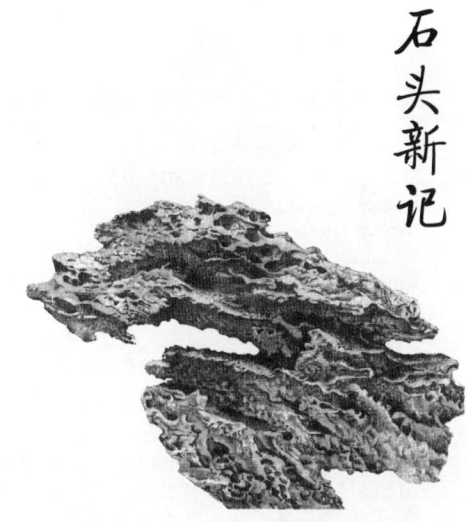

［法］尼古拉·易杰　著
徐梦　译

La musique des pierres

Nicolas Idier

海天出版社（中国·深圳）

图书在版编目(CIP)数据

石头新记 ／ (法)易杰著；徐梦译. —— 深圳：海天出版社，2016.4
 (海天译丛)
 ISBN 978-7-5507-1604-9

Ⅰ. ①石… Ⅱ. ①易… ②徐… Ⅲ. ①长篇小说－法国－现代 Ⅳ. ①I565.45

中国版本图书馆CIP数据核字(2016)第070302号

版权登记号　图字：19-2016-013
La musique des pierres
Nicolas Idier
© Éditions Gallimard.2014
Simplified Chinese Edition© Sea-Sky Publishing House,Shenzhen,China,2016
All Rights Reserved
（本书封面及扉页石头图案来自刘丹作品）

石头新记
SHITOU XIN JI

出 品 人	聂雄前
责 任 编 辑	林凌珠　岑诗楠
责 任 校 对	方　琅
责 任 技 编	蔡梅琴
封 面 设 计	蒙丹广告

出版发行	海天出版社
地　　址	深圳市彩田南路海天综合大厦　(518033)
网　　址	www.htph.com.cn
订购电话	0755-83460293(批发)　83460397(邮购)
设计制作	深圳市龙瀚文化传播有限公司　0755-33133493
印　　刷	深圳市华信图文印务有限公司
开　　本	889mm×1194mm　1/32
印　　张	8.75
字　　数	150千
版　　次	2016年4月第1版
印　　次	2016年4月第1次
定　　价	35.00元

海天版图书版权所有，侵权必究。
海天版图书凡有印装质量问题，请随时向承印厂调换。

中文版前言

　　中国是我心心念念的国家。离开她，我仿佛失去了一部分自己。古代被流放至边陲荒蛮之地的文人，大抵也有同样的感受。于是，他们拿起曾经用于书写奏章的毛笔，以诗寄望，借画遣怀。这些士大夫的经历一直于我心有戚戚焉；同样作为公职人员，我以写小说为乐，而实际上，我笔下的故事与表达爱意、抒发愁绪的排律并没有区别。

　　我对中国最早的记忆可以追溯到童年时期。当时，曾经在20世纪50年代游历过香港的祖父时常给我看他保存下来的小雕塑和各种纪念品。十五六岁时，我在澳大利亚第一次接触到了汉语。从此，我对汉语的热情就一发不可收：先是在蒙彼利埃大学注册了语言课程，接着又进入法国国立东方语言文化学院进修。我有幸在那里结识了两位老师，他们后来都成了我的挚友：研究中国古代思想史的程艾兰，还有艺术史学者柯乃柏。

在巴黎时，我时常流连于集美博物馆，沉浸在玉器、漆器和石头的世界里久久不愿离去。这是色彩的胜利，但也是音乐的凯旋：我喜欢这些物品与天地自然的共鸣以及对视觉界限的超越。我最爱的，是堪比视觉交响曲的巨幅画卷，还有被毛笔的韵律穿透纸背的书法作品。

每次回到中国，我都怀有同样的喜悦。完成巴黎–索邦大学艺术史学系的博士论文后，我希望继续之前在写作方面的探索，方向是一位当代的艺术家，一种活的艺术。我询问了柯乃柏的意见；就是在这时，他第一次跟我提到了他的朋友刘丹。

一直以来，我都乐于与顾恺之、石涛、倪瓒这些中国书画大家为伴。借助为"书"系列编纂上海卷的机缘，我认识了当代中国——一个拥有摩天大楼，后现代、全球化的中国。我既着迷于古典，又被今天所吸引。这道不可能成立的等式让我困惑，而刘丹给了我答案。

在柯乃柏的陪同下，我第一次见到刘丹。那是一个深夜——他惯常的工作时间。刘丹的公寓，就坐落在使馆区一幢高楼的顶层。我当时在法国大使馆工作，很难想象这个时间之外的人，竟离我那么近，却同时又那么远。时任法国驻华大使也对中国文化充满热情，我希望在此向她致敬。刘丹当时正在完成一幅作品：一株巨大的向日葵。他之后借办展之机，将此画赠送给了集美博物馆。那场展览

中文版前言

以中国文人石为题,展出了刘丹和他朋友曾小俊的画作。正是柯乃柏促成了此次展览,他的行动就像圣人一般,"善者无辙迹"。见到刘丹,我当场就被他笔下的水墨画深深吸引住了;它仿佛吸收了周围所有的光线,就像迸发新星的宇宙奇观一般。当晚,我们促膝长谈,而这场对话最终变成了《石头新记》。

刘丹与我的作息时间相仿,我们都习惯在夜里创作。我需要深沉的夜,才能进入自己的思想,在内心深处找到写作的力量。我无法在白天写作,因为思绪随时可能被突然响起的电话铃声打断。在夜里写作,让我如获新生。比起睡眠,深夜笔耕更能让我在白天精神焕发。睡眠令我疲惫不堪、萎靡不振,而写作却在无形中促使我身体的细胞重生。刘丹也选择在夜里工作,但原因不同:作画时,他必须完全掌控光线。比起白天变幻莫测的自然光,他宁愿控制灯光。而夜晚,给了他最好的光线。

此后,我便常去拜访刘丹,有时在他家,有时在他位于京郊的工作室。我们抽着烟,一言不发。烟雾中,思想迸发而出。我对刘丹充满感激,他将自己创作的大门向我打开,指引我去探索。刘丹远人,却不遁世。他的作品被全世界最著名的博物馆收藏,各大藏家买主对他恭维备至,但他却从未屈从于当代艺术圈中这种肤浅的诱惑。他是艺术本身的化身;这种艺术的存在需要绝好的孤独。孤独这件宝物，所有人都可轻易获得，却时常被忽视。无节制的唯利是图和数字化世界的纷纷扰扰将我们团团围住，严重损害了我们内在生命的实现。

《内在的生命》本可以是这本书的标题，但我认为有必要给这部小说取一个跟古典中国有关联的名字。文学巨著《石头记》将读者带入了一场令人着迷的探寻中。刘丹身边的我，终于有机会在石头的天地里徜徉。那是一个令人安心的世界，美丽，强大，复杂。而人类，只是这个世界的匆匆过客。《石头新记》这一标题看上去或许有些不自量力，但我却想通过它，向古典中国致敬，向我们身边的"石头"致敬。

小说完成后，我很自然地把手稿拿给了菲利普·索莱尔斯。这位一直对中国满怀热情的小说家是罗兰·巴特的朋友，20世纪70年代，他们甚至一起访问过中国。索莱尔斯对中国的爱穿越了岁月；当他打来电话说他喜欢这部小说并希望出版时，我欣喜若狂。我当时在上海，住在我定居中国的妹妹家。我登上露台，听索莱尔斯谈我的书，还有他在雷岛上空看见的飞鸟。我的小说得以由伽利玛出版社出版，成为"无尽"系列中的一部分。索莱尔斯圆了我的一个梦，我对他感激不尽。

再后来，我在巴黎重新见到了徐梦。她之前曾在我工作的法国驻华使馆实习，她的聪慧、细致和机敏给我留下了深刻的印象。最让我难忘的，是她面对一切都流露出的孩子般的笑容。我对自己说，这就是真正的中国式智慧，快乐的智慧。因此，当徐梦告诉我她希望翻译我的小说时，喜悦再次袭来。翻译并非易事，有时甚至十分艰辛。一天，我写邮件鼓励她；她马上回复说："对我而言，翻译是最美好的事，我希望有机会以此为事业。"找到徐梦，我深感幸运。她是另一位音乐家，文字就是她弹奏的音符。

幸运还在延续。感谢胡小跃先生，将此书中译本付样。当他告诉我此书即将在中国出版的消息时，我激动万分，当即站起身，关上办公室门，然后一个人流下了幸福的泪水。我希望以此书的中文版表达我对中国的感激以及对我所有中国朋友的谢意。感谢他们为我所做的一切。

中国给了我很多快乐，之后也必将带给我更多幸福。这是一个卓越的国家，有那么多的美要与全世界分享。中国给予我最大的喜悦，一是2012年儿子小易在北京诞生，二是2016年《石头新记》中译本的出版。两种超越，两种重生。

易 杰

2016年4月

"每个人,都再现着一个近乎遥远的宇宙。"

——皮埃尔·奥斯泰①《变体集》

---

① 皮埃尔·奥斯泰(Pierre Oster, 1933),法国诗人、出版人,原籍卢森堡。

第一章

我把手缩进口袋,用指尖把玩那一小颗又厚又软的赭石,在冬日的清冷中疾步走过。对我而言,唯有执念值得经历。正是"执念"二字,为短暂、焦虑而混乱的人生赋予了意义。执念,这种偏偏执着于一处的奇特思维方式,恰如扑火的飞蛾。在遇到画家刘丹之后,石头便成了我的执念。它们无处不在,甚至潜入了我的梦境。蜿蜒的根须、干枯的枝木、久坐的老人、钢筋混凝土——在我眼中皆已成石。每当华灯初上,北京林立的高楼就好像发光的巨石。我在这座并不适合散步的城市独自徜徉;夜幕,垂下来了。

公元1世纪时，老普林尼将石头描述为"人类最大的疯狂"。老普林尼，古罗马唯一的大自然的忠诚赞美者，一路跟随我来到了这里。整整三十七卷"美文"版《自然史》在精心打包后装满了两个行李箱，与我同时到达北京。卷三十六写的是石头，《石头的本质》。时不时，我会翻阅一两页；而案前还有千页等我阅读。不用说，我自然是不怕寂寞的。我享受着本无从选择的生活之外的另一重生活，呼吸着一月份冰冷的空气。

*

某个周日，大概早上11点半。前一天很晚的时候我和几个朋友出去了，没有带手机。我们刚刚从纽约的一场音乐会回来，本应该一起吃午饭。我站在门口，没有人开门。

人生便是由坠石组成。这些石头毫无预兆地落下，而我们却不得不继续向前走。我们踉跄而行，不管前路有多艰难。

第一章

我想起她，我那被坠石击中、陨灭、一点一点凝固的爱人。我想起那一天，那无名之日。夜晚，她瘫痪的身躯陷入睡眠。变幻开始了：她渐渐石化；地球——这颗沸腾着熔岩的巨大星球自转了一圈之后，她的肉身不像肉身了，石身却更像石身。黎薇是傍晚去世的，在经受了整整一年的病痛折磨之后。我始终不明白。当我接到医生的电话时，我甚至还笑出了声。然后是匆忙的弥撒，家庭会议，火化。我开车跟随着送葬的队伍，突然意识到，《福音书》里的那句"你本是尘土，终将归于尘土"，原来是该按着字面意思去解的。《去问尘埃》，这本我一直以来最爱的书，在我的心头轻轻颤抖。它的作者约翰·范特也活得不易，但书却大获成功。

只需一石，便能尽观自然。

这句话并非约翰·范特所说，而是出自普林尼之笔。上午没完没了，时间无休止地拉长，我在等待。黎薇，二十三年来都充满生机和活力的黎薇，几乎一整年都卧床不起。而我们竟然还睡得着！看不见的病魔，从内部悄然侵蚀着她。她最终战胜了它，先是化身为大教堂的卧像，那嘴角凝固着笑意的美丽公主，而后成了一捧沙砾，在一个起风的早晨被抛进大海。我记得骨灰盒并没有一下子沉入海底，而是在浪花中漂浮。岸并不远，就在岩石嶙峋的岬角之后。虽然已是十二月，我还是脱去了大衣。就在我准备好纵身跃进大海，将骨灰盒埋进海底时，骨灰盒终于沉下，消失于巨大的泡沫中，就像一场永诀。

这将是我们所有人的结局：一动不动，任由肉身沉入深海，化为一小捧沙子。我们奋力抗争，想要趁着一切还来得及时参透谜底。而有些人却占有这个秘密：作家、画家、科学家、诗人。他们就在那儿，但他们看得更远。他们知道死亡是敌人，因此紧紧盯着死亡，毫不放松警惕。我一下子就看出，刘丹就是这类人。他知晓如何辨析作用于一切事物的看不见的力量，包括花、石、书。这就是我前来探寻的秘密，在我的身躯僵硬之前。时不我待。

对某些人而言，化身为石并非象征。庞贝附近的维苏威火山爆发时，老普林尼被当场石化。公元79年，在意大利南部，一片云升起来，天空为之黑暗，大地为之颤抖。山崩地裂之后，是一千六百年的沉寂。时间之外，这座被埋葬的城池，就像土做的大西洋，在由灰烬凝成的浪潮下汹涌。老普林尼的侄子目击了这场灾难，目击了因诸神的妒忌，因石之力量而爆发的火山。

第一章

在黎薇去世之后,同一个梦一夜又一夜地潜入我的睡眠。我以发疯一样的速度冲向天空,远离地面,临近云朵。棉白的云是那么美,反射着浅灰色的光。它们来了,越来越近,越来越近。我全速前进,马上就要穿越云层。这又厚又轻的云,会不会缓冲我坠落的速度?我终于进入这片水凝结成的蒸气中。昏昏沉沉,除了云和自己,我什么都看不见了,成了一颗穿越天空的石头,在我身后,被刺穿的云朵留下了一个蔚蓝色的口子。我的身体旋转着,翻腾着。我背朝大地,云层正在离我远去。风在我耳边呼啸。双耳像飞蛾的翅膀一样,在风中敲击着我的头颅。一刹那间,我惊醒了。就在这介于梦境和意识之间的微妙空间中,黎薇正以她石一般的目光,凝视着我。

水分渗入,而后蒸发,造就了沙漠玫瑰花瓣的形状。遇到热气之后,花瓣终于盛开。

沉闷的节奏在屋子里震动;血液像一根包着棉花的鼓槌一样,敲击着我的耳膜。随着梦中水分的蒸发,我竟化身成一朵沙漠玫瑰。我的身体像一块石头一般,在寂静中展开。我起身,动作很缓慢,双脚在房间里高低不平的石板上寻找落点。这石板闪耀着光辉,经过几个世纪时光的打磨,竟泛出铜的光泽。一醒来,我发现满眼皆是石。我完全被人们叫作pierre, stone, سنون, pietra, камень, Stein,[①]石的这些东西迷住了。汉语的发音是"shí",简短的舌尖后擦音,阳平,然后戛然而止,像一个八分音符。我一动不动,凝固成雕塑。我凝望着那些石头,就好像自己能和古老神话中的战士一般,用内力将其击碎。在这座京城中心的宅院里,有一间摆着沙发和矮茶几的客厅。茶几上摆满了书,还有玲珑的铜雕、玉雕。每当一个人的时候,我就会在客厅中小憩。睡意来临时,回忆也会尾随而至。当回忆太浓太密,我便要逃离它,起身去散步。结果就是,我总是在散步——无论白天还是黑夜。

我的眼神从一块石头移到另一块石头。宅子坐落在一条老街上,我摸索着,情愿在一个又一个拐角迷失,经过蜗居着四五口人的蓬门荜户,或空荡荡的深宅大院。再向前几步,便来到了由推土机挖就的河流前,里面漂浮着形如树干的车辆。其实我想要描述的是城市的主干道,像高速公路一样宽阔,中间由一条漆成白色的栅栏隔开。汽车、自行车、电动车的鸣叫混合成一曲并不和谐的交响曲,时而尖利,时而低沉,时而长,时而短……此时的我总会急忙转身,重新沉入窄巷的沉寂之中。那里,时间中

---

① 各种语言对"石"的称呼。

第一章

止了。胡同里的人们已经习惯了我的存在。在他们眼里，我只不过是另一个外国游客而已。我主动来跟他们住在一起，这让他们觉得很不可思议。很明显，我并不缺钱，可为什么不住到二环以外的高楼大厦里去呢？他们中的一些人也会疑惑，为什么我要住在我的房东——一个神秘莫测的人家中？他们厌恶他吗？当他坐着轿车穿过这并不富裕的市井街巷时，这并不是没有可能。他们或许对他心怀敬意，怀着那种对有权有势之人的廉价的尊重。而我，每当我走过胡同，因为迷路而三番几次地经过同一群牌友旁边的时候，他们又在想些什么呢？其实，他们什么都不想。老外本身就是一景，无关道义。在我来到这儿的第一个冬天，我就发现这里的人并不评判，又或，他们以偏见来评判，而这最终导致了集体的无动于衷。我这个可怜的老外，高昂着头颅，在刺骨的寒风里哆哆嗦嗦地走过。我这个爱在夜里散步、爱喝烈酒的梦游者，对他们而言只不过是一个不怎么起眼的装饰品。他们目送我走远，在没浇完柏油的胡同里扬起灰尘，被高低不平的车辙绊得踉踉跄跄。他们唯一的评论就是，我是个"老外"。他们有时会争论我的国籍。我只要戴一顶大皮帽，他们中的一个就会得意地说："他是俄国人。我最了解俄国人了。"我穿一件带兜帽的外套，又有人说："肯定是美国人！"如果我不刮胡子："意大利人！"他们无法想象我来自法国。

我走着,每日,每时,晴天,雨夜。亚洲的城市从不熟睡,如那一天之后的我。北京很适合我。我的无眠在这里找到了理想的土地。清晨,直到天空发白时我才入睡。刘丹也习惯在夜里工作,他的工作室坐落在城东一幢大厦的顶端。他嗜书,任凭自己沉浸在思绪中,置身于时间之外,城市之外,纷扰之外。他自然是不怕孤独的;孤独,让他得以朝适合自己的方向前行。前行中的他,描绘着中国在长久的黑暗之后迎来的巨变和复兴。艺术是开放的;无心政治的刘丹,正在发起一场深刻的革命:石头的革命。这必将是一场凯旋,因为这场革命没有目的,不怀企图,充满耐心。刘丹是内在之石的刻画者,它们无可捉摸,又坚不可摧。

*

公寓落地窗后,玫瑰色的天空下,城市洒满了五颜六色的灯光。刘丹刚刚从工作室回来。在那里,他花了好几个小时画草图。倦意袭来。刘丹很爱护自己的眼睛,正是敏锐的视力让他洞察秋毫。不管是书画还是石头,最微小的细节也逃不过他的双眼。入睡前,他在CD机里放了一张巴赫的光盘。音乐响起,他沏了一杯清茶。日本黑瓷茶杯上，雕刻有细微的花纹。他抽完最后一支烟，观察烟雾朝天花板升腾。外面，灯光渐次熄灭。朝霞升起，一轮红日喷薄而出，在高楼玻璃幕墙的反射下愈发夺目。早高峰开始了。刘丹闭上眼睛。他从来不知道自己到底喜不喜欢一天中的这个时刻。

*

"立一画之法者，盖以无法生有法，以有法贯众法也。" 刘丹品读着石涛的这句话。我告诉他，石涛的《苦瓜和尚画语录》曾被皮埃尔·李克曼译成法语，而李克曼是唯一既懂翻译又擅写作的汉学家。刘丹看了我一眼，目光随后落在一尊印度小像上。这是佛的两根手指，直指天空，镶嵌在黑色的钢制底座上，放在漆面长桌的另一端。刘丹知道李克曼是谁。在他看来，"只有作家才真正能译出石涛的思想"。

我请刘丹把石涛的"一画说"用毛笔写下来，然后用图钉把这幅字钉在了黎薇的照片旁。书桌上方，黎薇在照片里粲然地笑。桌子用黄花梨木制成，是明代的古物。桌面上有一个小小的刀痕，划成十字，这让我很是好奇。之后，我就经常守在桌边，凝视我爱人的照片，以及旁边刘丹的书法。

> 立一画之法者，盖以无法生有法，以有法贯众法也。

北京的另一个优点是：城市一马平川。坐落在华北平原上，地面没有起伏，风来往顺畅。蒙古人乘着顺风占领大都；一朝之后，北京又被满族人攻下。今天的北京城里，马路四通八达，大道像高速公路一样宽阔，风却越刮越烈。狂风袭来，行人举步维艰，柴油卡车上裹货物的篷布被吹得哗哗作响。20世纪30年代毡帽盛行的时候，北京可不是赶时髦的好地方。相比于北京的"土"，上海的优雅可以用气候解释：冬天没那么冷，风也不大，人们不需要裹臃肿的大衣。然而，平地让北京成了散步的理想之所。腿乏只会是因为距离；没有了起伏的坡道或山路，再累也不至于气喘吁吁。我似乎已经用双脚走遍了这座城市的每个角落、每个季节。五六个小时的步行之后，当我发现自己走得太远，就会坐公交或地铁。有时也会拦一辆出租车。但我尽量避免打的，怕被司机的坏脾气和浑身散发的蒜味败了兴致。

到北京的头几个星期，我花了很长时间研究这座城市的地图。从天空鸟瞰，北京城就像一个正方形的靶子，故宫位于靶心，然后是一圈圈的圆环，就像石头抛进水中泛起的涟漪一样，一环、二环、三环、四环、五环、六环。地图上星星点点的绿色是公园：日坛公园、地坛公园、朝阳公园、颐和园，最北边的奥林匹克公园，最南边的南海子郊野公园。我还在地图上找到了一条河：西边的永定河。我还没有去过。永定河离我住的地方颇有些距离，况且我还有更重要的事情要做：观察石头。

我习惯半夜出门，走十来分钟，便能到达两条巷子的岔口。那里安静伫立着一块破碎的界石，一米高，靠在墙角。

每一个夜晚，我都会去拜访这块石头。它的底座上有很大的裂痕，或许是卡车倒车时撞碎的。岔道口不时走过三两夜归人，因为酒精或疲惫而跟跟跄跄。偶尔也有穿着睡衣的居民，睡眼惺忪地寻找公厕。一只猫蹿上屋顶，一只老鼠在两个垃圾桶之间溜过。除此之外，周围一片沉寂。再也听不到汽车的轰鸣，城市仿佛成了遥不可及的远方。这块界石像磁铁一样，发挥着斥力。低矮、浅色，图腾一般。早晨，当烟尘在干燥的天空中划出白色线条，老年人便出来遛鸟了。他们总是把鸟笼挂在界石和矮墙中间的一根竹竿上。我喜欢这块石头，虽然残缺不全，但它看上去并没有受到伤害。它是我的巢穴，我的地标。我知道，它守护着我，像一道防线。我犹豫着要不要给它取个名字。"无用之石"?"时间之界"?"归零地"?这块界石和我很像,我们都是不完整的。清晨,当我从三里屯(东)的夜店、五道口(西北)的地下酒吧,或是南锣鼓巷(中)的咖啡馆回来的时候,——有时三家都去,我总会在界石边伫立凝望。有时候,我也会禁不住触摸它,就好像这是一尊圣物,或是一块护身符。我站立不稳,还好有界石搀扶,让我不至跌倒。

北京没有黑夜。雾霾像棉被一样笼罩在城市上空,悬浮颗粒互相反射着光线,有点像猫的视网膜。我住的宅子很安静。宅子的主人经常去外地出差,从全世界各地搜罗艺术品,藏品之丰,连巴黎的集美博物馆都逊色几分。M. 也不在家。除了佣人之外,整座宅子都是我的。他们对我如此信任,是不是让你很惊讶?21世纪的一位中国富翁决定在家里接待一个痛失爱侣的法国青年,不仅交出钥匙,还付出一大笔钱,让这个陌生人为一本用他看不懂的语言写成的小说寻找素材?你觉得这很可疑。我为什么要接受这个买卖,将自己放逐到世界另一头的陌生城市,并甘愿承受这令人窒息的肮脏空气和雾霾?你们不明白吗?月亮升起来了,旁边围着三颗星星。我在心里对黎薇道了声晚安,然后闭上眼睛。

第一章

光斑在我眼皮上舞蹈。它们来回跳跃,像被困的蝙蝠一样挣扎不停。梦境攫住了我。这是我最爱的一个梦。我并不在其中,只是像旁观者一样看一块石头被用力抛向天际。它背着光,就像白纸上的一点墨迹,在笔尖的柔软和手腕的灵活中,朝笔锋飞去。它伸展着,升腾着,旋转着,迅速而轻巧,仿佛怕惊动了周身的空气。它像一只鸟,一颗流星。它经过太阳,造成一瞬间的日食。这颗石头是极快、极俊朗的一笔,恣意挥洒而成,虽不完美,却字字从心。它向前奔驰,如毛笔在宣纸上挥舞,如血脉在身体里贲张。而它现在开始下降了。它朴实无华,明知自己终将坠入尘土,却义无反顾。你看啊,石头知道该落在哪儿。它一头扎进湖中,不惊起一丝波澜。它小心翼翼,悄无声息地归入另一个世界,那里敞亮、清澈。它很高兴摆脱固态,融入水中。它消失了,就像古碑上镌刻的姓名,早已漫漶不清;或是恋人在结起霜雾的窗上留下的涂鸦,已然了无痕迹。只有空气和浪花记得,这里曾经有一块石头经过。石头的历史,便是消逝在时间、水和记忆中的运动的历史。睁开眼睛的一刹那,我感觉自己已经准备好冲破云霄,但身体却如此沉重。我突然不再绝望了。如果一块石头都能飞翔,一滴墨迹都能成为"一画",我们为什么还要害怕被肉身禁锢呢?

我的房间十分宽敞，有三扇朝向庭院的落地窗。角落里的一张椅子上，她留下了一些衣物。一件蓝色毛衣、一袭蓝色长裙、一双长筒袜、一条丝绸围巾、一双高跟鞋。庭院的墙角开满了花，粉白相间，每天都由红叶悉心照料。红叶是宅子的主人聘请来做家务的年轻女子，她的老家安徽不仅钟灵毓秀，而且文脉浩荡。一有空闲，她便捧起书本自学英语。遇到不懂之处，她就向我请教。不管我是正躺着阅读《自然史》中的一卷，还是沉浸在思考中，她都不会犹豫。两年来，红叶的英语水平颇有长进。每天早晨，我都会帮她练习口语。红叶的耳朵对音准很敏感，发音比我还标准。

红叶把她的名字写在一小片纸上，我藏在本子里细心保存。渐渐地，我开始被汉字包围：挂在墙上的字，记在本子里的字，甚至是 M. 用指尖在我的手心里或脊背上划出的字。我再也无法远离这些黑色的线条，这玉的血脉。这些汉字让我们的生命焕发光泽。闪电落在岩石上，将其劈成两半。裂缝里，生发出神圣的爱情。

一开始，M. 从不和我共度整个夜晚。她跟我解释说，睡眠是一块不能与他人分享的领地。而黎薇却喜欢拥我入眠。我没有回答。一切都可以慢慢来。清晨，我还没起

第一章

床，红叶就已经在侍弄木茶几上的插花了。这里从来都听不到吸尘器的轰鸣，也闻不到空气清新剂的味道。这里的人们尊重灰尘；他们知道，灰尘是时间的沉淀。

红叶捏了捏球茎，仿佛在给疲惫的花朵按摩。她紧握球茎一两秒钟，然后放开，就像在弹奏竖琴，动作精准而轻巧。我躺在床上，欣赏着她的动作。门对面的隔墙边有另一张茶几，上面放着三块赏石，红叶弯下腰，鼓起嘴，轻轻地吹落石上的灰尘。我很喜欢红叶，也喜欢她擦拭椅背时在我身后轻轻落下的气息。红叶是一朵花。她有时会用小学生的英语和我谈论月亮的周期、星球还有星象。在一些日子里，她会因为北京上空出现了某颗星星而给我泡药茶。每天清晨五点，她都会轻轻推开我的房门。这时的我往往还在梦中，睡眠被云和石占据，还有黎薇的眼睛和M.的皮肤。

*

我到达北京的那天是国庆节，中秋刚过。那个关于石头的梦便是中国之行的预兆。我来到这里，是因为我无法留在原来的地方。挚爱之人的离去，足以把我们变成自己的陌生人。远离，是缅怀的一种方式。我就像梦中的那块石头，只不过，梦境中的湖被一双蓝色的眼睛所代替。这双眼睛出自一幅大师之作，黎薇曾指给我看，仿佛那里藏着一个谜，或是一个谜底。这幅肖像在纽约，那是刘丹旅行经过的城市之一。一道道拱门，在不同的世界和不同的时代之间架起。石头划过天空，脱离灾难，在这没有尸骨亦没有坟墓的空白之地。

为远走而远走，或许是寻觅和逃离的最好方式。不为任何目的——这就是需要遵循的法则。正如石涛所言：无法而法，乃为至法。我一抬眼就能看到石涛，在纸上，在墨间，在刘丹的书法里。

为什么总要寻求解释呢？在刘丹的这幅字中，每一笔都在静静捍卫着古典，守望着一场复兴。我曾在纽约和巴黎生活，并在纽约结识了刘丹。他在纽约生活了很长时间。当时，他住在麦迪逊大道上的一座漂亮公寓里。他的住所并不在大道最时尚的那一段，而是靠近哈林区。他日以继夜地创作，特别是在夜里。有时，他也会为生活所迫，办一两场展览挣钱。很快，刘丹就被慧眼识珠的收藏家们发现了。他们在刘丹的画中看到了一种新的东西，一种超越了时间、超越了当代性的当代艺术。

第一章

当我决定放弃一切来中国的时候,没有人阻拦我。所有人都明白,我去意已决。从黎薇去世的那天起,他们就开始害怕我。一道裂缝将我和其他人隔开,甚至我最亲近的人也难以逾越。当无人挽留的时候,离开就变成了一件很容易的事。我并没有马上从公寓搬走,而是后来才打电话给租房中介公司,说我不再回来了。或者,不会很快回来。他们问我家具和衣物怎么办。还有各种各样曾经点缀我们生活的小物件,如今都成了累赘。我让他们全部都卖掉,或扔掉。那您房里的书呢?我已经带走了最重要的几本。剩下的,送给学校或堆在街边都行。还有您的私物呢?照片、相册、笔记本?都快扔了,让过去的都过去吧!费用怎么办?您只管处理,我会照单支付。至于朋友,他们每个人都被困在日常生活的牢笼里,无暇顾及其他。告别朋友终究是容易的,爱人就不同了。最难以割舍的是家人。办法就是快刀斩乱麻,要不然,就再也走不了了。

出发的前几天,我在巴黎圣母院前的广场上再一次遇到了那个爱尔兰剧作家。自从黎薇受邀到温莎宫为英国女王的生日献奏之后,他就成了黎薇的仰慕者。那天的宴会结束后,我们狂欢庆祝,直到天明。疲惫而快乐的我们,将酒杯中的最后几滴香槟倒进了皮卡迪利广场上的爱神喷泉里。他听说了黎薇过世的事情。他用力拍了拍我的肩膀，又给了我一个拥抱，低声说："天哪！早知道我就应该写她的，而不是亨利·詹姆斯！她就是生命本身，律动本身，音乐本身。遇见她的人，都觉得自己有福。我们所有人都爱她。"几天之后，我登上了飞机。

逃离，渴望远方——这些杂志用来做标题的动词，不过是很平凡的事。然而，悲剧里的英雄都向往平凡。我们越是遭遇意外，就越是渴望平常。既然巴黎和纽约的回忆太浓，我就去中国。邀请我的，是一位中国古典艺术大家。一切都像是命中注定。当类似的事情也发生在你身上的时候，请不要拒绝。

*

出发前，在机场的快餐店里，一个奇怪的家伙坐到我旁边。他问我是不是去北京，但语气却像是明知故问。他应该在托运行李的时候看到我的登机牌了。我不置可否。他说跟我在同一趟飞机上，并且很清楚我为什么要离开。如果我需要，他可以提供帮助。我不知道该怎么回答，但是起身打算走开。他笑着说他不是疯子，然后继续讲起道教、五石散,还有穿山越岭、芒屩布衣的圣人。他打开笔记本,里面整整齐齐地写满了字。字体圆圆滚滚的,一看就知道是老顽童的笔迹。他翻到一页,念起来:"若夫不刻意而高,无仁义而修,无功名而治,无江海而闲,不道引而寿,无不忘也,无不有也。淡然无极而众美从之。此天地之道,圣人之德也。"

"很多人都该好好琢磨琢磨这句话。您不觉得吗?这是《庄子·刻意篇》里的一段,是我的朋友让·勒维翻译成法语的。我跟您推荐这本书。"说着,他从本子里撕下那一页,"拿着!您过会儿休息的时候可以仔细读一读。或早或晚,我们还会在北京见面的。不急,不急。"

他向我挥手告别,随即消失在人海中。开始登机了。我试着放空自己,什么也不想,静静等待起飞的广播响起。

*

飞机上,我喝了一杯白葡萄酒,然后又喝了一杯。整个旅程我几乎都在打瞌睡,膝上的汉语语法书也成了摆设。我的东道主支付了所有的差旅费;三言两语,几封邮件,他就决定雇我为他收藏的石头写一本书。当然,如果有可能的话,还要写一写那个最会画石的人——刘丹。数额多少我就不说了，但必须承认，他出价阔绰。我签了一份协议，里面只有一条规定：我必须在离开中国前交出一份文稿。协议并没有明确规定篇幅长短。一开始，我半信半疑，于是咨询了处理黎薇遗产继承的律师。在仔细看过文件后，他十分肯定地说，里面一点问题也没有。当我遇到波士顿美术馆中国艺术策展人白铃安的时候，我还在犹豫不决。"你就尽管放心去吧！"据她所知，我的东道主在亚洲艺术领域和收藏家中享有盛名。而刘丹，则值得人们为他冒任何风险。

　　我马上就注意到了这个中国女子。她用银簪将长发绾成发髻，裸露着双肩。她像磁石一样吸引着我。当她朝过道俯身时，我终于看清了她的脸。她很美，颈上的丝巾轻巧地落在胸前。从巴黎到北京，我和她一同穿过了漫长的黑夜和雾气沉沉的白昼。醒着的时候，我就在手心里转那颗小小的赭石。石头有着磨石一般的形状，有些碎了。我喜欢这颗小石头。

　　这块石头让人不禁联想到存在的奥秘。它就在那儿，充满力量，毋庸置疑，就像前排那位熟睡的女子一样确切。它红色的晶体由光线凝结而成，几千年过去，仍毫不褪色，熠熠生辉。石头是我在收拾黎薇遗物的时候找到的。我不知道这是什么石，不知道是谁送给她的，也不清

第一章

楚她究竟为什么把这颗石头留了下来。这个发现仿佛是命中注定。我这次去中国，不仅仅是因为刘丹，更是因为你，黎薇。你无处不在，在云的褶子里，在石头的棱角里，在画中人的眼眸里。那画中的女子，是安格尔笔下的路易丝·奥松维尔伯爵夫人。这幅肖像藏在纽约的弗里克收藏馆，是黎薇生前的挚爱。她曾经因为排练，在纽约逗留了一个星期。她在那里遇见了刘丹。我便是从黎薇那里第一次听说刘丹这个名字。像一道神谕。在黎薇和刘丹之间，在石之生命和生命之石中间，道路已经开辟出来了。我一闭上眼睛，就会看见黎薇的脸，于是我试图用石头，用M.的抚摸和叹息来代替它。

*

我的东道主有非常明确的品味，也敢于将这些品味体现在整座房子里。他收藏了许多被"文革"剥夺了所有价值的物品。在从前，这些物品都是可耻出身的危险证据。现在，它们从废墟和瓦砾中重见天日，像从湖底挖出的宝藏。搜寻到一定数量之后，他就开始进行交易。世界各地的收藏家慕名而来，有美国人、日本人，也有欧洲人和海外华人。他声名鹊起，开始到处出差，各种拍卖会上都留下了他的身影。他很有钱，在北京老城买下一幢四合院，并用清代家具布置。他的夫人也是南京人，拥有美国著名学府数学博士学位，却甘愿隐退在家相夫教子。这对夫妻热爱生活，经常出游。他爱玩、开朗，非常古典，所以极其现代。他成了我主要的资助者，因为他知道，必须找到合适的人选，为刘丹写一本书。刘丹的仰慕者众多，且每一位都一呼百应、德高望重。我或许达不到他们的要求，但我总能想到其他的办法。况且，我也不怕辜负期望。我接受了邀请，也借此机会离开黎薇。回忆，终究会成为生命的羁绊。

*

为了不陷入沉思而无法自拔，在飞机飞过中亚地区绵延起伏的沙漠时，我打开书本复习中文，努力学习几个汉字。

人
天
火
水
大
石

第一章 >>>

我试着记忆这几个字"人、天、火、水、大、石"。在我昏昏欲睡的时候,汉字还在我眼皮下舞蹈。它们和黎薇的面孔混淆起来,还有飘浮在空中的石头,还有我前排的中国女子细腻的手臂,以及她皮肤上非常细小的雀斑。我像是为了解渴一样,将几杯霞多丽一饮而尽。酒很是清新爽口,圆润而醇厚。我拿出一本活页笔记本,写下日期和一句话:

很少有绝对纯净的水。

这句话出自布封,第一位法国自然学家。他也像老普林尼一样,写过一部《自然史》。这句话的寓意很明显,但每个人都可以选择是否照这个含义去解。旅行包里,我只放了一本书:《史密森手册》中关于石头和矿物的那本。在这本册子里,有五百个样本的清晰大图。我不想随身带太多东西。剩下的行李在两个大箱子里,此刻正海运至北京。

我浏览着石头的图片,它们无一不闪烁着生命的光芒。我在想,前排的女子到底是谁?她是腼腆,易怒,还是强势?是温柔,活泼,还是倔强?我一定是喝多了。困意袭来,我梦见身体自由下落,穿过云层。多么美的云！某一刻，广播里传来机长的声音：到北京了。天很蓝。北京，沙漠之城。

*

飞机迅速下降，滑行，停稳。一位穿军装的年轻人陪我去取行李。我又看到飞机上的那个年轻女子，此刻，她正在打电话。人群中，她显得格外引人注目：蓝裙子、瑜伽裤，婉约而内敛，优雅却不张扬。她面无倦色，看起来好像刚下出租车，而不是长途飞机。相比之下，我又脏又累，胡子拉碴，口中满是酒精和睡醒后的难闻气味。她却精神饱满、容光焕发；此刻，竟满脸笑容地向我走来。虽然她说着一口流利的英语，但我一开始却没听明白。是的，她名叫M.，是我东道主的大女儿，住在美国。她会开车把我送到她父亲家。M.在北京只停留三天，陪陪父母。她知道我也在这趟飞机上，并且就坐在她后面两排吗？当然知道，"但我不想打扰你"。

我紧紧握着那块石头。石头装在专门为它做的海蓝色天鹅绒袋子里。或许是因为疲劳，我只想痛哭一场。但我的眼睛干涩，已经很久没有哭过了。我闭上眼睛，旋即又睁开，像从梦中醒来。石头在飞升，那么高、那么高，它

第一章

旋转着，不再坠落。就在这时，M.拥抱了前来接机的一个女人，就好像她也是家庭中的一员。我们一行人穿过首都机场的宽敞大厅，架空的顶上布满发着蓝光的星星，像晴朗的夏夜。M.很健谈。红叶推着推车，她们走得飞快。大理石地板上，我们仿佛在滑行。"就像一片水，世界从你身上穿过，借给你它的颜色。然后退出，把你重又放回到这片空洞之前，这片灵魂的贫瘠之前。我们必须与之相处，并战胜它们。但矛盾的是，它们可能正是我们最明确的原动力。"我二十岁就在尼古拉·布维耶的《世界之用》中读到了这句话。黎薇在日内瓦魏尔伦街上的德罗书店买了这本书；当时，她的音乐家生涯才刚刚开始。之后的几年里，我一直反复读这本书。直到那无名之日，我终止一切的那一天。但我仍然记得其中的一些段落。我在心里默念着，像一个流放者。

*

M.每三个月就会回北京看望父母，同时，她也利用回国的时间完成一些交易。她在艺术领域工作，是一位批评家，也是几个收藏家的顾问，经常从一个展飞到另一个展。作为赏石和雕塑艺术的行家，她既聪明又有活力，既是典型的中国人,又非常美国化。她放声大笑,然后挑衅一般地盯着我,眼睛里满是笑意。有一刹那,我竟忘了身在北京。机场外,她抽出一支烟递给我,然后我们坐进一辆宽敞的轿车,司机是一位身材魁梧的青年。烟味让我头晕。车上放着莫扎特和巴伦博伊姆的音乐,钢琴和小提琴。我闭上眼睛。车开动了。我什么也不想看。一定是因为疲惫。M. 坐在后座,就在我旁边。我很清楚地感觉到她的存在。

*

当轿车在机场高速上快速行驶的时候,焦虑感猝不及防地袭来。虽然有莫扎特和手中那颗小小吉祥物的陪伴,焦虑还是挥之不去。我离开了,但这又有什么意义?时间就追不上我了吗?时间跑得很快。石头也是。有一群人,他们早已参透石头的奥秘,听得见石头发出的声响。他们能逃离时间的追赶吗?我想起那个陌生人在出发前塞给我的《庄子》摘录,陷入苦思冥想中。刻意尚行,不过是枯槁赴渊者之所好。而那颗小小的赭石,表面温厚而细腻,不刻意而高,才是圣人之德。它刚刚乘飞机穿过空间。石头也承载着时间,它们是时间的结晶;时间爱着它们,保

第一章

护着它们。

　　轿车如蜗牛一般向前蠕动。司机用英语告诉我，在北京，堵车是常事。我努力定下心神，但脊椎发麻。与石头常相往来，是忘我的一种方式。我们朝自己扔石头，把自己埋葬在石头里，就像那些倒霉的登山者一样，掉进深渊，被山石的棱角割伤，眼朝着光亮的井死去。和他们比起来，我们又有什么不同？M.深沉地看了我一眼，仿佛听见了我身体内部嘎吱作响的声音。

　　显而易见，我们正穿过北京市中心。绵延的大道两旁，矗立着装有玻璃幕墙的高楼和巨幅广告牌。天空灰蒙蒙的，飘着乳白色的雾。远处草木枯黄的广场上，一块巨石赫然耸立，像奶酪一样满身孔洞，灰不溜秋的，古怪而丑陋。我精疲力竭，仿佛已经把好几辈子的精力都耗尽了。与死亡朝夕相处的感觉就是如此吧！这块奇丑无比的石头比所有人都聪明，因为它只是它自己，完整的自己。我在心里朝这块石头拜了一拜，却丝毫没有意识到，中国文人敬石的传统已延续千年。

　　拥挤不堪的马路上空弥漫着汽车的尾气和轰鸣，仿佛一艘废弃货船锈迹斑斑的船舱。几天后，我独自沿着二十米宽的大道,在这混凝土的世界中穿行。我欣喜地发现,时间其实并未流逝。几个世纪以来,中国的古典艺术就盘绕在这时间之内,充满自信,像一条穿过沙漠的蟒蛇。

*

是石头邀请我来到中国。21世纪并没有为中国增添魅力;拨开金钱和权力织就的浮躁表面,内里还多多少少残留着昔日盛世的遗迹。2000年年初,到底是什么能让一个人对石头如此着迷?是什么能让他抛弃一切,漂洋过海,到陌生的国度安家?可能是因为黎薇,可能是不堪孤独的重压和死亡的紧逼,但在内心深处,我却觉得并不一定非要找到一个理由。人生中的重大转折,都是无法解释的。它们被不可知的缘由指引着,许久之后,你才能看出其中的逻辑。人的生命就像一整块石头的碎片,被岁月的考验和欢愉抚摸、打磨、侵蚀。正如满是孔洞的石头,穿透肉身的血管和裂缝,并没有让我们支离破碎。这些内部的伤痕,这些记忆的断层,这些细微的光线,形成无数条隐秘的通道,生命在其中流转。就像叶脉或蛛网,编织在比真空更脆弱的材料上,组成了表面的骨架。

第一章

*

几个月过去了,我竟毫无知觉。然而,我仍清晰记得到北京的第一天,像一块被抛向天空的石头。我的住所在故宫的西北边。从外面看,并没有什么特别。轿车在灰色大墙边停下,坐在电动门前晒太阳的老奶奶,像一只已经看不出年岁的乌龟一样,慢慢挪开了。

*

宅子的主人曾说,我"有的是地方",但我没想到会这么大。我的房间占据了一整个侧翼,一面墙壁被凿成书橱,上面放着各种英语书、法语书,地质学、石学、艺术、符号学、哲学无所不包。我终究是奉命而来。当然,我打算利用这段日子忘却自己,远离一切,但我仍需要完成一项工作,完成那本关于刘丹的书。从这架书橱就可以看出,我的东道主是认真的。几层搁板上,放着奇形怪状的石头,大多轻盈飘逸,仿佛已挣脱万有引力的束缚。我喜欢这个房间。置身石与书中,心境也敞亮通透起来。书籍和石头，为时间和空间都赋予了深意。黎薇刚从音乐学院毕业的时候，我们住在巴黎一间狭小的单身公寓里。在群书环绕中，逼仄的空间竟成了明亮的宫殿。一本合上的书就是一块试金石。像刘丹打开石头那样，打开这本书，你就能看见，奇迹就在你手中。书即是石；一架书橱，便是一片采石场。书和石，这两者我都不缺。它们就在那儿，触手可及。

*

第二天早上，我刚好在第一缕晨曦中醒来。五点钟，红叶准时出现在我的房间洒扫，羞怯让她变得温顺。庭院里静悄悄的。房子的主人心思细腻，精益求精，连最小的细节也不放过。我没睡好，虽然强打精神，但仍是满身倦意。我悄无声息地穿过正正方方的院子，小心不碰倒那尊唐代的骆驼摆件。房东昨天刚把它拿出来，放在一张瘸腿的茶几上，这样我们就能一边观赏它，一边用无柄的青瓷杯喝威士忌。亚洲人习惯喝茶，在洋酒中偏爱威士忌，因为它也能让人品尝到大地的味道。威士忌的苦涩与一些久泡的茶有几分相似，色泽的深浅也近乎茶水。在青瓷杯中，威士忌呈现出令人不安的色调，既深邃浓厚，又清澈透亮。青瓷，饮酒之石。M.换了衣服，穿一身黑色套装，锦缎一般的黑发披散在肩上。刘丹也在，他淡淡地向我打了招呼。他也身着一袭黑衣，灰白色长发系于颈后，目光炯炯。我们一人喝了一杯酒，没怎么说话。我相信，正是在这天晚上，我拿到了通往新天地的入场券。两只狗从院中穿过，爪子在石板上啪嗒啪嗒响。微风掠过竹丛，传来一阵窸窸窣窣的声音。我们四人划了一根长火柴，轮流点燃手中的烟，静静听着烟草燃烧时"嗞嗞"的声响。一块高大的太湖石立在庭院中央，朦胧的暮色中，只留下一张寂寥的剪影。

第二章

登上飞机的那一刻,刘丹是否在想,何时重归故里?20世纪70年代末的中国青年,在收到国外大学录取通知书时,都曾问过自己同样的问题。檀香山,而后纽约。夏威夷暂且按下不表,先让我们跟随刘丹的脚步,进入纽约这座在石头的历史中占有特殊地位的大都会。那年,他二十出头,彷徨不安,却又踌躇满志。除了青春之外,他一无所有,但这已足够。这份青春,他将永葆一生。刘丹并不抵抗时间,而是顺应时间。这也是石头教给他的。

第二章 >>>

*

　　如果一座城市是一块石头，那么幽静的小路便是石上隐蔽的孔洞。刘丹喜欢散步。他喜欢沿着熙熙攘攘的人行道，步行到纽约市中心的亚洲协会大楼。大理石台阶上的两尊小石狮守卫着气派的大门，门上的红漆让刘丹想到他故乡的颜色。那是故宫大门上的朱红，而不是剪纸的鲜红。这两尊石狮以天然岩石雕凿而成，石材是一种在威尔明顿的工场里琢磨过的花岗岩。工场坐落在克里斯蒂娜河的沿岸，下游几公里外，便是壮观的特拉华河。这两尊石狮与漆门形成对比，仿佛是从年代久远的石砖中化身而出。若没有这两尊石狮和这朱红大门，人们会以为走进了一座雅致而隐蔽的大厦，就像纽约上东城无数建筑物一样。然而，在这幢大楼里，东亚问题名家谈古论今，来自中国内地、香港、台湾地区以及日本的讲者终日络绎不绝。亚洲协会便是美洲大陆的东方。美国总统的顾问们不断劝说主子拜访此地，但总统们总是太忙。如果其中一位抽空前来，收效定会立竿见影：中国温和了，日本放松了，市场开放了，唐人街上的居民们满意地笑了，黑手党和山口组的气焰收敛了。而"第三次世界大战"就只是那些唯恐天下不乱的恐怖主义者们不切实际的臆想罢了。

当时还没有手机,也没有互联网,人们并不像今天这样随时都能联系到,也不会一直等待电话的铃声或邮件的提醒声。20世纪90年代的人们或许和我们一样焦躁,但他们有一个优点,就是能够独处,能够接受这片刻的自我放逐。这是孤独的一代:小金童、职场女强人、非主流文艺青年、流浪汉;他们是"城市物种",各自走在纽约阳光斑驳的人行道上。每当夜幕降临,曼哈顿的万家灯火就像千千万万璀璨的金片。时代广场的巨幅广告牌下,堵在路中间动弹不得的出租车司机不耐烦地按着喇叭。不远处,传来哈林区的钟声。直到今天,在暮色四起的城市中心,仍发生着一件事:中央公园里,被茂林环绕的大湖底部,正在进行着一场化学变化。石化现象和仙女的神话,正在当下发生。

沿着公园栏杆,刘丹以轻快的步伐向亚洲协会走去。他并不轻易接受邀请,并很快发现,预展和晚宴对艺术家而言犹如癌症。癌细胞逐渐扩散、转移,慢慢侵蚀宿主。他收到的邀请与日俱增,因为人们听说了这个年轻的中国人,知道他的技巧能与大师比肩。人们惊奇地发现,除了传统山水和歌颂毛泽东的写实绘画之外,一个中国人竟还能画其他东西。他们之后会明白,中国画家亦可以卓然而

第二章

独立、超然而自由,在昙花一现的潮流和政治经济危机中大步走过。他对这些并不关心,因为他所置身的平行时间不以小时也不以天数计算,不以年份也不以世纪衡量,而是根据一种新的节奏——石头的节奏。在这平行时间中,所有与人类相关的事物都被禁锢在当代,远远落后于石头的永恒,无论这石头是在美洲还是中国的湖底,或是摩天大楼的顶端。

*

二十年后,在濒临哈德逊河的华盛顿高地,一位年轻的女孩独自度过了一晚。第二天,她将参加一场重要的音乐会,用巴赫组曲向9·11死难者寄托哀思。她躺在被褥叠得整整齐齐的床上,深色牛仔裤和黑色吊带衫更加衬托出她雪白的双肩和金色的长发。她睡着了吗?如果是,那也只是浅睡,一点点声音就会惊醒她。尽管有乐团成员的鼓励、指挥的称赞和未婚夫的电话,她依然惴惴不安。此刻,她的未婚夫正在巴黎的机场等待飞机起飞。明天,他就会出现在音乐厅池座第五排,偷偷看她。她想起那一天,音乐会结束的时候,他说:"我怕会引得你看我,害你分心。"她笑了,不是笑他的自以为是，而是笑他的孩子气。

今晚，黎薇单独留在空荡的房间里。窗外，哈德逊河蜿蜒而过，两岸风光尽收眼底。她没有换衣服，身边的小提琴躺在深色的琴盒里。她把手机调成了静音。套房占据了整个楼层的一半，周围静悄悄的。角落里，打开的行李箱中，露出黑色丝绸长裙的一角。这是她明天演奏时要穿的礼服。过了一会儿，黎薇醒了。她走到窗边，凝望灯火斑斓的对岸，然后俯身拾起礼服。水一般的锦缎在她指尖滑过，重又落回到行李箱中。她再一次俯下身，拿出一颗小而圆的赭石。这颗石头是她爬山时捡来的，时刻提醒着她，要有耐心、保持冷静，等待时间赋予你最终的形状。这颗石头是她的秘密。她喜欢石头的坚不可摧，即使化为尘土，每个颗粒依然存在，直到永远。她用修长的手指转动着石头，感受着它的重量。她手中握着的，是一小块宇宙，一小片地球，一小截时间。她把石头放回行李箱的侧袋中，褪下身上的衣物，平躺在床上，美丽的金色长发华冠一般散落枕间。十二月，房间里却温暖如春。雪落在哈德逊河幽暗的水面上。她看了一眼身旁的小提琴，闭上了眼睛。

第二章

*

　　就这样，在弗里克画廊路易丝·奥松维尔伯爵夫人的肖像前，刘丹和黎薇相遇了。是黎薇先开口说话。那天是彩排的第一日，十二月的纽约很宜人。黎薇喜欢这座城市；她总是会爱上自己演出的地方。对她而言，这是必须的，因为她很难在一座自己不喜欢的城市演奏。很年轻的时候，她就自己决定在哪里演出。她拒绝了一些著名的场所，却接受了另一些。她是自由的化身，每个细胞都散发着活力和欢乐。她热爱文学，但"只爱杰作"。从普鲁斯特到斯丹达尔，就像从一朵花到另一朵花。她钟爱绘画，每到新的城市，都会在第一天奔赴博物馆。如果非要在美术馆和当代艺术馆之间做出选择，她一秒钟也不会迟疑：美术馆。相比于装置艺术，她更爱绘画。她喜欢通过艺术家在画布上留下的笔触，联想他们手持画笔的姿势。她热爱马奈，但最爱的还是安格尔。让·奥古斯特·多米尼克·安格尔，和她一样也是小提琴家。这位法国新古典主义最后的代表以肖像画见长，笔下人物的眼睛总是能穿透画布，直视观者。演奏时，安格尔便是她的榜样。琴弓在弦上飞舞，琴弦被黎薇如锚一般的食指、有力的中指、敏感的无名指和蜂鸟一样灵巧的小指轻弹、揉捻、撩拨、按压。

　　刘丹和黎薇相识于弗里克画廊的一个几乎空无一人的展厅，路易丝碧蓝的双眸见证了这场相遇。黎薇和路易丝的眼睛有着同样的颜色。一阵战栗穿过了刘丹的身体。他毫不迟疑地邀请面前这个年轻的法国女孩去看他的画展——《书》。黎薇则告诉他，自己将在三天之后举办一场音乐会，免费入场，但需要预订。他们挥手作别。黎薇很好奇。她不太喜欢画展的标题，也无意参加开幕式，但很想花时间一个人去看看展品。就在这天早晨，最后一场演出当天，黎薇走进了亚洲协会。

*

　　这是一场群展。在琳琅满目的展品中，她的目光立即被一幅画吸引了。画上是一本翻开的中文字典，仿佛悬浮在空白的纸上，呼之欲出。黎薇屏住呼吸，心神全被这幅画勾住。她在画前的长椅上坐下，如醉如痴地凝视着这些汉字。虽然什么也看不懂，但它们的秩序、和谐和力量却让她沉浸在一种平衡感之中，还有莫名的创生般的喜悦，仿佛正目睹新生儿的降临。她所喜爱的，是从这一列又一

第二章 >>>

列的汉字中散发出的秩序感,就像巴赫乐谱上的音符。她所爱的还有这本泛黄的旧书,这部从中间翻开、用绫绵裱褙的字典。仿佛字典的每一页都是活的,恰巧在她到来的那一刻,被一种无形的、音乐般的力量翻开。

*

在这幅画前驻足的绝非黎薇一人。消息一经传开,内行的藏家便接踵而至。一本民国字典,水墨纸本,巨幅工笔画?传统书法的复兴之作,两个世纪以来无出其右?一位中西方技法皆已贯通的画家?十五岁,他就能照着从"文革"深渊里抢救出来的黑白影印件,一模一样地临摹欧洲大师之作?还想了解更多?是的,这个人叫刘丹——他的名字已经在一些大藏家的脑海里转了许久了。

当时他还住在夏威夷。他所画的汉字,部首都是三点水,其中就有"滑铁卢"的"滑"字。刘丹和安格尔一样,都崇拜拿破仑。在夏威夷岛的狂风暴雨中,他有时感觉自己就像圣赫勒拿岛上的拿破仑一样孤独。一连五个月,他的眼睛都没有离开过这幅画。先用铅笔打稿,然后水彩与水墨反复,从中心开始,逐渐扩展到宏大的尺寸。

*

刘丹声名鹊起是在20世纪90年代初期,他很快成为一个紧密圈子的中心。艺术家面临的悖论是,不管与何人为伴,都必须保持孤独。孤独之谓,并非遗世独立、羽化登仙,而是在千万人中,如无一人相似。并不是所有艺术家都能得到孤独的眷顾。演奏中的黎薇也是孤独的,即便是置身于五十余个音乐家组成的爱乐乐团之中。刘丹大步穿过城市的时候,是孤独的。与学者谈画时,亦是孤独的。当人们在画展开幕式上向他道贺时,他比任何时候都要孤独。刘丹远人,但并不绝人。说他孤独,是因为他胸中自有一片丘壑,任何人都无法企及。这片幽秘之境,就像远古人类在学会用燧石取火之前所居的洞穴一样。燧石虽已退出人们的生活,但仍能引火,星火燎原。"未来在你身后"——黎薇在去往纽约的飞机上读到的这句话,出自一位法国当代作家之口。未来,在你身后。你必须学会穿过历史和艺术的厚重,去看。直到今天,中国人在这方面依然很厉害。

第二章 >>>

*

亚洲协会展厅里,那个操着地道英语谈笑风生的男人,就是策展人巫鸿。他是芝加哥大学的教授,春天时,他爱去密歇根湖上泛舟。巫鸿是唐代艺术的专家,这次却重回自己身处的时期,目的是展现无论在毛泽东时代还是在当代,书和阅读都蕴含着颠覆性的力量。显然,他策划这场群展,是为了翻开刘丹那本巨大而不朽的书。他温文尔雅,言谈柔和,清瘦的外表和敏捷的心思相得益彰。他从一个展厅踱到另一个展厅。开幕式将在几小时后开始;现在,除了几个工作人员以外,展厅里还空无一人。群展中有雕塑,如岳敏君创作的坐在书堆上的六个"大笑人";有素描,如顾雄的"文革"速写簿;有丙烯画,如张晓刚的作品。还有刘丹。无论人们怎么想,刘丹就是远高于其他艺术家。他雅逸清新,潇洒出尘,就像庄子《逍遥游》中的大鹏一样翱翔于天际,而其他人却在"异见者"的自我包装中越陷越深。这是奴役的另一种形式:邪恶仿佛有这股可怕的力量,能把自己的形象印在所有那些想要消灭它的人身上。然而大鹏却从水中升腾而起,扶摇直上,就像太湖上耸立的奇石。

两天之后，黎薇去观看了展览。她一个人，满心欢喜。刘丹笔下那本字典，在她脑海里回响。黎薇用听觉思考；对她来说，听觉是五官中最敏锐的。她立即明白，眼前所见的，是一场由一笔一画组成的音乐会，每一个汉字都是交响乐团中的一位音乐家。今晚在台上，她还会想起这幅画吗？或许吧。演奏的时候，她经常想到绘画。她对自己说，我必须跟他谈一谈刘丹。对书籍怀有宗教般情感的他，一定得来看看这幅画。我们或许还能再见到这个刘丹。

有两个汉字描述了冥冥之中的安排：缘分。它亦指师徒相遇，都是上天注定的。

朝气蓬勃的黎薇，一定与刘丹的这幅画有缘，虽然他们只有一次短暂的邂逅。

*

这场音乐会应该是最后一场。今天，我时常思考灵魂转世这一说。黎薇先是转生到安格尔的作品里，然后又到了刘丹的画中。音乐会是一场义演，专为悼念9·11恐怖袭击中非美国籍的遇难者。那天早晨，这一群毫不起眼的

第二章

移民在双子塔中打扫、整理，为现代世界的这两个吉祥物擦洗窗户。我的飞机在下午按时抵达，黎薇在她入住的酒店为我单独订了一个房间。她演奏的那几天，我们总会分开住。这样我也可以依照自己的时间写作，而不打乱她的作息规律。每场音乐会前，黎薇都会保证充足的睡眠，直到身体里注满能量。我不能打扰她。音乐和书法，都需要对身体的掌控，因为最细微的动作也会体现在纸上，显现在空间里。

音乐会结束的第二天上午，黎薇提议一起去看路易丝·奥松维尔的肖像，然后去亚洲协会看展。我听说过路易丝的肖像，对亚洲协会却一无所知。我们在第五大道和第70街拐角处的一家餐厅吃早餐，对面就是弗里克收藏馆。这里原本是纽约钢铁大王弗里克的故居。弗里克生前热爱欧洲绘画，收藏了弗拉戈纳尔《爱情的进展》，还有弗美尔、皮耶罗·德拉·弗朗切斯卡的名作。此刻，黎薇的心好像已飞到别处。我深信，她的一部分已经转生到路易丝·奥松维尔的肖像中。有些时候，我甚至在想，画中人会不会就是黎薇。

*

黎薇的蓝眼睛就像画中的一样。路易丝·布罗利耶，奥松维尔伯爵夫人。当安格尔完成这幅肖像的时候，她只有二十四岁。路易丝用她美丽而活泼的眼睛注视着面前经过的每一个人。这位年轻而高傲的贵族夫人三年前在罗马与安格尔相识，当时，安格尔正任罗马法兰西学院院长。学院在美第奇别墅中，坐落在一座小山丘上。从宫殿放眼望去，可以看到整个圣城都洒满了金色的光线。画中，路易丝身着一袭代尔夫特蓝陶色的丝绸长裙，红丝带将金发绾起，体态轻盈，房间的每一处装饰都显示着她良好的品味。整幅肖像让任何一个经过的人都不得不驻足凝望。老套的故事情节，画家对模特的渴慕。是的，但不仅仅是这些。还有更深沉、更不寻常的信息。一场直接的对话，就像悬浮在她蓝色的双眸里，时刻准备展开。画家完全主宰了场景，你再也找不到任何一个人可以穿透时间，这样直视你的眼睛。

1845年，画像完成了。安格尔立即把它当作是最高的成就之一。并非只有他一个人这样想。1855年，泰奥菲尔·戈蒂埃①在世博会上看到这幅肖像,赞美画中人是"伟大的现代淑女"。评论家开始谈论画中所描绘的配饰以及路易丝对时尚的品味。1927年,画像来到了曼哈顿。在这里,20世纪的风尚将永不褪色。奥松维尔伯爵夫人从此搬到了这座古老而宏伟的庄园中。庄园由美国实业家亨利·克莱·弗里克建造,他30岁就成了亿万富翁,成为美国资本主义的黄金传说。这位有些天真但腰缠万贯的艺术爱好者在一生中孜孜不倦地收藏了维米尔、庚斯博罗、雷诺阿、康斯太尔、透纳、伦勃朗的画作。导览册上提到,他原本也会在1912年4月泰坦尼克号沉船事故中遇难,但出发前妻子的脚却扭伤了,于是在最后一刻取消了行程。1919年,弗里克去世,为世人留下了一座艺术宝库。这座地处纽约市中心的私人收藏馆,早已享誉全球。

也正是在这里,刘丹第一次见到了安格尔的真迹。在江苏省国画院求学时,他从一碰就沾一手墨的油印杂志上发现了西方画家:安格尔、马奈、莫奈、库尔贝、毕加索、德·库宁、塞尚、凡·高。十二岁,他就开始画"欧洲女人",性感的轮廓,有臀部和胸,手中拿着阳伞,有时候靠在开满鲜花的阳台上,大眼睛里充满爱意。弗里

---

① 泰奥菲尔·戈蒂埃(1811~1872),法国诗人、小说家、文学评论家。

克故居的房间墙壁上装着镶板,厚厚的窗帘过滤着光线。午后,第五大道上的喧闹声听不到了。刘丹在无价的杰作中徜徉——弗拉戈纳尔、皮耶罗·德拉·弗朗切斯卡、提香,但路易丝·奥松维尔的肖像让他停住了脚步。他被惊呆了,瞬间化身为石,无法动弹。在刘丹和画像之间,空气静止了,一百五十年不复存在。用来回到过去的时光机?不,应该是用来跳出时间之外的时光机。刘丹知道,某些东西正在起作用,但他还不清楚到底是什么,而黎薇却立即洞察了真相。为了参透其中的秘密,刘丹在之后的几个月中频繁回到这里。2005年,二十三年的自我放逐之后,他重回北京居住。当一颗彗星划过北京的天空时,他终于知晓了答案。于是,他开始画路易丝的眼睛。在她的双眸里,铺展的是一片石头的风景。

*

此时,除了身着保安制服的黑人大妈之外,收藏馆中只有我和黎薇两个人,我们的脚步在经年的木地板上静悄悄地滑过。黎薇凑近了去看路易丝的肖像;现在,轮到黎薇直视她的眼睛了。"路易丝,你拿去吃吧,这是我的身体。路易丝,你拿去喝吧,这是我的血。"保安远远看着，并不打扰，因为她明白这是一场默默的祷告，一场神圣的仪式。黎薇闯入了这片石头的风景，便再也没有离开过。她成了路易丝眼眸深处的守护天使，整个陷了进去。

在中国艺术鉴赏家中，方闻被视为泰斗。他高傲、儒雅、见解独到。与刘丹初次相遇时，他心直口快地感叹"相见恨晚"。的确，若早些与刘丹相识，他就不会对中国文化的衰落感到如此绝望。他在刘丹对面坐下，与他谈论那些被重新发掘的艺术品。方闻让他的藏家朋友们参加了新加坡和中国香港的几次交易会。刘丹提到，他通过艺术商孙牧之购买了安格尔的素描和草稿。孙牧之在艺术圈中颇有名望，交游甚广，消息灵通，对觅得藏品的各种渠道都了然于胸。方闻问刘丹为什么对安格尔感兴趣，刘丹喝了一口茶，柔声说道："因为他穿越了时光。"

*

走出弗里克收藏馆，黎薇便要带我去亚洲协会观看那场关于书的展览。她一定要我跟她同去。我却更愿意去中央公园散散步，虽然寒风骤起。可是不行，她要给我看一样东西。我不明白她为什么这么迫不及待，但还是跟她去了。闭上眼睛跟随你的爱人吧！因为她会把你带进天堂。

之后的夜里，我常在梦中看到刘丹的大书在我面前展开。我进入书中，变成了一个汉字。我的双腿变成了两画笔画，强壮有力。墨与笔，肉与骨。

黎薇把我带向了刘丹，带到了中国。她指引了我，就像童话故事里的小拇指，顺着撒下的石子找到了回家的路。在她内心深处，是否已经知道自己将过早离去，必须在出发前给我指明方向？

*

方闻和刘丹继续交谈。方闻从普林斯顿大学赶来，坚持要会一会刘丹。刘丹的名气和内敛，他早有耳闻。方闻声音低沉浑厚，富有磁性，却透着一丝威严，带有些许不耐烦：典型的上海人。他告诉刘丹，自己曾师从书法家李健先生，1948年赴美就读普林斯顿大学，学习欧洲中世纪艺术史。他对中国艺术的真知灼见很快吸引了这所名校的艺术史学家，特别是牟复礼。这位普林斯顿大学的汉学鼻祖，精通元明历史，第二次世界大战期间曾在成都、北平、天津担任军官。1950年末,方闻正是与牟复礼一起,在普大创办了美国第一个中国艺术史与考古专业博士学位。很快,方闻便闻名北美,并出任纽约大都会艺术博物馆亚洲部主任。他一生讲学不辍,在世界各地举办关于石涛和张大千的讲座,真真是中国艺术的当代布道者。

"久仰大名!我关注您有一段时间了。我是上海人,您是南京人,也算是老乡了,不是吗?我研究艺术史,和您一样常年居住在海外。我们都思念中国,别告诉我您心里不牵挂故乡。正是因为思乡,我才让自己周围都环绕着中国的东西。对于游子而言,艺术就是故乡的魂,他能带着这精魂远行。"

刘丹想说,无论是在北京、上海、南京,还是在中国的其他任何一座城市,他都会感觉独在异乡为异客。他将自己置身于艺术品当中,并不是为了跨越空间。空间不是问题,再遥远,不过也就是跋涉更久些而已。他这样做,是为了在时间里自由穿行。

"刘丹,我知道您是一位很重要的画家。我在90年代初看到过您的《水墨长卷》,当时做的笔记就放在普林斯顿大学图书馆里。我的学生什么都知道。"

刘丹解释说,这幅画是根据对一根蜡烛火苗的观察而创作出来的。"火苗的舞蹈产生多层次的片状景观。我不怕烧伤眼睛。我被迷住了。"

清华大学美术学院博士泰祥洲曾师从书法家胡公石。他围绕刘丹的《水墨长卷》而层层向历史的纵向推进，将近五年的研究心得汇成《仰观垂象——山水画的观念与结构研究》一书。2003年初识刘丹，他就立即领悟了中国传统山水画之精髓：创作主题从原有的自然情景中抽离，从物质特性升华至精神状态的造型。在笔和墨中，呼应着自然万物的法则、秩序和逻辑，心物一元，从而以山精湖骨重构第二自然。

"的确，您的作品，包括《字典》系列，完全符合早期中国山水画'三远'（直线跟横线交替）的视觉结构原理，即山水'高远''平远''深远'三种图示。"

"在西方一般是看画，中国画却需要读。观者以右手卷其轴，而左手舒其绘，山水徐徐展开，始无端，终无尽，有如车窗外疾驰而过的风景。也正是因为这个原因，我很喜欢您的《字典》。"

刘丹不仅是画家，也是哲人，他比任何人都更了解这个时代。他对中国山水画充满信心，深知只要从内部推挤颠覆、创造自身，千年的水墨传统就必将延续，必将新生。

离开之前，方闻双手扶在椅背上，深沉地说道：

第二章 >>>

"刘丹,在我看来,您就是中国文艺复兴的大师。别放弃。我知道前方艰难险阻、困难重重,我很清楚。但千万别放弃。"

刘丹没怎么说话。方闻走后,刘丹让服务员在茶杯里添了开水。他看着水蒸气慢慢升腾,幻化成山水的形状。古人把一些石头称为"云根"。

*

在漫长的几年中,刘丹几乎每周都会去亚洲协会。他一得空便去协会图书馆,大量阅读西方哲学经典的中译本以及画家的传记。有时候,他想象自己就是达·芬奇。

当你看到有污痕或是嵌有不同石块的任何墙,你将试着看到某些场景,它们似乎是各种不同的风景,有山、河、岩石、树木、平原、宽谷、一座座丘陵。你也将能够看到各种战役和快速移动的图形的轮廓,或是奇怪的人脸和奇装异服,乃至万物。你可以把这些事物分离抽出个体并精心设想其外形。

而这些都杂乱无章地模糊地出现在墙壁上,就像在钟声里一样：你可以在钟的敲打声中找到所有你想要想象的声音或词语。

"万物"一词让他陷入沉思。道生一，一生二，二生三，三生万物。

*

1993年到2006年，刘丹在纽约废寝忘食地创作，其间在美国、欧洲和亚洲举办过几场展览。1995年纽约克利欧·瑞斯克画廊联展；1997年洛杉矶市立艺术展览馆特邀联展；1999年圣地亚哥艺术博物馆购藏《水墨长卷》专展，耶鲁大学美术馆罗森布鲁姆奇石收藏专题展，芝加哥艺术博物馆韦森奇石收藏专题展；2003年纽约万玉堂"上下左右"展，纽约怀古堂联展；2005年法国集美博物馆"文人石与中国艺术创作之路"展；2006年哈佛大学美术馆"新中国山水画"展，纽约华美协进会"书"专题展。2005年，德国柏林东方艺术博物馆专题展的标题很简单："美的回归"。展览限制了他的时间自由，他宁愿不去办，但必须挣钱生活。他很快发现，售卖作品所得已远远超过房租。他开始收藏各个时代的艺术品，并觅得第一批素描手稿。他喜欢创作中的这一步：画家在纸上构思，寥寥数笔，一幅名作可能由此诞生。刘丹在创作重要作品之前，也习惯先以精细的素描稿开始；他的手稿也成为一些幸运儿的私人珍藏品。

然而，获得国际艺术市场的认可仍然花费了不少时间。这也是因为，刘丹并不像其他一些在1989年之后旅居欧美的中国艺术家一样给自己打广告。他不涉政治。他在别处，忙于政治之外的其他事情。

在夏威夷时，刘丹有幸获得不少人的鼓励，特别是东方学者大卫·基德。学习与工作之余，刘丹与一位俊俏的美国女子有过一段轰轰烈烈的爱情。他们最终分开了，刘丹之后又爱上了一位美丽而聪慧的中国女人。刘丹并没有送给她镶着宝石的戒指，而是为她开启了《字典》的宇宙，里面的每一个汉字都是一块坚不可摧的石头。当你靠近《字典》，就能看到她的名字，散布在符号的洪流里，镌刻在爱情和信任的永恒之中。

刘丹很快成为亚洲协会的常客。在这里，人们只讨论历史和艺术。他遇到了很多出类拔萃的学者，其中就有巴黎索邦大学教授白莲花。她来自意大利，思维敏捷、才智过人，任何与中国古代兵器史相关的问题都难不倒她。

"存乎人者,莫良于眸子。"她向刘丹颔首而笑,刘丹也以微笑回应。

十三年里,刘丹几乎每周都去亚洲协会;公园大道上的漫步已经成为一种仪式。拂晓时分,中央公园的晨练者从他身边跑过,坐在长凳上的年轻母亲低头看手机。赶早班的公司职员陆续出现在地铁口,空气中充满了咖啡、甜甜圈和汽车尾气的味道。春天,修剪一新的草坪;秋天,满地的落叶;冬天,下雪的声音,掩盖了汽车的喇叭声。日常而平淡的生活。

他求知若渴,孜孜不倦地研习中国山水艺术和西方绘画。他知道,这两者之间的边界其实并不存在。他想起石头,那些无处不在的巨大块状物。它们纹丝不动,却充满生命力;沉重,而不失轻巧。中国山水看起来比很多西方绘画都要精确,笔触之间却浓淡有致、虚虚实实,时远时近、似隐似现,仿佛观者并不想看清草木山石的细节,也无意确知季节或时间。山水不仅宜于入画,更宜于游览,常被文人骚客、君子圣贤奉为净土圣地。在长久的阅读中,他常常昏昏欲睡,梦见自己成了山岩、卵石、沙砾、尘埃。

应该写一部海外华人史,就从纽约开始。统计数据显

第二章 >>>

示,纽约有全美最大的华人群体,数量已超过旧金山。华人遍布曼哈顿、运河沿岸,游人如织的唐人街、布鲁克林日落公园附近,以及皇后区法拉盛都是华人聚居地。他漫步在熟悉的乡音中,忘记了疲惫。回国的想法渐渐萌生,因为他喜欢这些置身于花花世界而不为所动的平静脸庞。他的绘画材料也快用完了。以他现有的财富,足以在最好的工作室里购置笔墨纸砚。2006年,二十五年的旅居生活之后,他决定回国。他在回国之前展出了作品《字典》,就像一场诀别。

*

刘丹也发现,那些形状奇异的石头往往蕴含着巨大的能量,很难用笔描绘。超越时空的文人雅石被藏家奉为至宝。这些不足五十厘米高的石头,供于书房案头,在漫长的岁月中,不知更换了多少次硬木底座,成为多少位文人宁心定性、博雅师古的良朋好友。一些入了画,一些入了诗。每每提及,仿佛忆起故交,倍感亲切。文人石拥有只属于它们的生命,而石头的持有者也明白,自己只是过客。到底是人拥有石,还是石拥有人?黎薇曾说:"不是我演奏音乐,而是音乐演奏我。"

*

　　回巴黎的前一天下午，黎薇倚在落地窗边，久久凝望哈德逊河。乔治·华盛顿大桥上，车辆川流不息。勒·柯布西耶将这座桥称为"混乱城市的唯一雅致之地"，这句话被刻在了酒店大厅的前台上。

　　黎薇，成了尘埃，成了灰烬。

*

　　简单来说，黎薇是一位年轻的音乐家，正是她把刘丹和赏石带入了法国文学中。她的祖母来自中欧；在祖母的言传身教下，她很小就开始学习小提琴和钢琴。照片上，年纪尚幼的黎薇坐在巨大的栗色三角钢琴前，双脚悬在空中，我想正在打着拍子。很快，她开始演奏莫扎特和巴赫，这两位伟大的音乐家成了她最好的朋友。然后是音乐学院、比赛、一连串的一等奖。出国演奏的邀请纷至沓来。仅仅十三岁的她开始出现在杂志封面，大标题里赫然

第二章

写着"崭露头角"。很明显,她在"天才"之列。危险已经潜伏在角落:威胁、嫉妒、渴望借她之名出人头地的老师。所幸,黎薇比所有人都强大。每当音乐声响起,其他一切都烟消云散。

小提琴演奏讲究对身体的掌控。正如书法家的毛笔一样,琴弓是演奏者手臂、肩膀、上身、双腿、呼吸和血脉的延伸。我和黎薇很早就认识了。那是在汝拉省的一场音乐会上。每年,她都会回到这座美丽的乡间别墅,为这群淳朴而热情的观众演奏。她在晚间有一场音乐会,而我则要在下午朗诵诗歌。我刚一到达,就立即注意到她了。她在厨房里饶有兴味地喝着白葡萄酒,朗声笑着。她或许比我还小,但没关系。我早熟,她也是。我们一见钟情,其他人却丝毫没有察觉。当天晚上,我来到她的房间。悄悄推开房门后,我看到她正坐在绣花扶手椅上,穿着睡衣,长发散落。她静静抽着烟,假装对我的到来毫不惊讶,任凭我靠近她,抚摸她金色波浪一般的头发。伟大的音乐家,无所不能。

当时,黎薇已经和她的制作人订婚了。她的未婚夫比我大不了几岁,美国人,长相英俊,对一切都很细心,在合同问题上更是字斟句酌、锱铢必较。他只犯了一个错误:留下她独自一人。他若视黎薇为珍宝,怎会放心单独留下她?

她的眼睛像珊瑚一样蓝,偶尔竟发出金色的光芒。修长的手指,堪称完美。她后来告诉我,曾经有男人爱上她,就是因为她的手指。尽管物是人非,直到现在,每当想起这件事,我还是会禁不住笑出声来。

我,文艺青年,慵懒颓废;她,永不倦怠的音乐家,爱乐乐团的首席小提琴手,在全世界开音乐会,已经发行了三张好评如潮的独奏专辑。唱片一经推出便备受追捧,一定与封面上的照片有一些关联。照片中的她身着黑色长裙,金色长发在光影中闪耀。她的微笑和眼神穿透镜头,让人着迷。

一年又一年,黎薇的巡回音乐会让我们炽热的爱情在各地都留下了印记。生活美好得令人难以置信。我阅读,她演奏。机场和车站都让我满心欢喜。所有这一切都暂停在永恒之中,就像黎薇即将滑落在弦上的琴弓,刘丹即将落在纸上的毛笔。魔鬼不能容忍这样的幸福,它下手了。

2001年9月11日,这已经是黎薇第十次去纽约了。

第二章

*

黎薇是前一天晚上到达的。我们在午夜时分通过电话。巴黎时间是早晨6点，因为宿醉，我的头还很沉重。我长话短说，跟黎薇解释说我很累，而且当天晚上就去坐飞机，第二天就可以见面了。我们经常这样安排：她先出发，去参加密集的排练，而我在音乐会当天和她碰头。如果时间充裕，我们会在她演奏的城市多待几天，享受二人世界。当飞机撞向双子塔的时候，我亲爱的黎薇，是否像平日里那样在窗边拉着小提琴？虽然她在琴上放了一小块丝绸，琴身仍然在她脖子上留下了深色的印记。沉浸在音乐中的黎薇，当她把琴弓放在琴弦上的时候，她是不是看到了飞机过来？她看到了吗？难道她不能逃跑？

哈德逊河，黑色的河水。桥。黄昏。

我闭上眼睛。眼皮上跳跃的光斑化为一颗颗石头，砸得我生疼。

*

这一天，发生了举世震惊的悲剧。人类历史上第一次，有一个日子将被永世铭记，而不需要历史学家、政治家、小说家或画家的提醒。这个真真切切的日期闯入日历中，就好像暴徒拾起石块，"啪"的一声，将窗玻璃砸得粉碎。

一千个人，就有一千种记忆。消息传来时，我们在做什么？和谁在一起？是惊愕，是恐惧，还是激动？当时我还在机场。电视里一遍又一遍地播放着飞机撞击的画面，就像不断重复的电子乐，一遍一遍地循环着相同的乐句。第二架飞机又撞了，我仍在机场。突然间，所有出发和到达的显示牌都变成了红色：航班延误或取消。机场有很多乘客，大家都蒙了。袭击的消息迅速传开。我们一开始都不相信，直到看见电视画面。恐慌，泪水，电话中的哭喊。我的胸口剧痛。黎薇当天晚上在双子塔的顶层餐厅有一场音乐会。我笔记本里夹着的门票上，白纸黑字地写着时间和地点。我给她打电话。无人接听。

第二章

你的金发呀玛格丽特
你的灰发呀苏拉米斯

*

她花了几个月的时间,才从袭击事件的阴影中走出来。她有好几个朋友在这场悲剧中失去了生命,包括乐队指挥,那天,他一如既往地早早来到演出现场进行检查。飞机撞入双子塔时玻璃迸裂、钢筋扭曲的影像,黎薇是否也一同放进了路易丝·奥松维尔眼里的石之风景中?

我最终没能去美国。两天后,黎薇回到了巴黎。她一直沉默不语。她开始失眠、厌食,更严重的是,连小提琴的琴盖都无心再打开。三个月后,她才重又拾起琴弓。整整一年后,她才返回纽约的舞台。2001年到2006年间,她每年都会去纽约两三次。我每次都陪她去,而她每次都坚持让我在音乐会当天再到达。我永远无法知晓,在我到达之前的那几天里,她工作之余都做了些什么。或许,她在手心里转动着一颗小小的赭石。或许,她在祷告,而这颗石头就是她唯一的念珠?

*

就在同一天,刘丹还没醒。他工作了一整夜。他从来都没有提起过这次恐怖袭击。我打算之后问问他当时的反应,但这并不急。每个人,都以自己的方式回应了这场悲剧。

*

2001年后,黎薇在上海大剧院举办了一场音乐会,那是我们第一次去中国。她马上告诉我,这是她除了悉尼之外,最喜欢的一场演奏。音乐会在剧院的大剧场举行,有两千多名观众。节目单上主要是舒曼的乐曲,悲伤得能撕裂灵魂,但每个音符过后,人们都会深深陶醉在幸福当中。黎薇美极了。我只要闭上眼睛,就能看到她,坐在乐队指挥左边的折叠椅上,小提琴放在大腿上,背挺得笔直。每当轮到她演奏的时候,她就迅速起身,轻盈得像在风中飞舞的羽毛。她的手臂立即升到肩膀的高度,灵巧而敏捷,琴弓既有力又柔软。一曲终了,在鲜花和掌声的海洋里,她微笑着鞠躬谢幕。

第二章

我们在上海度过了美好的五天，由一位音乐学院的学生全程陪同。那是个腼腆的男生，说着流利的法语，对黎薇十分钟情。浦江饭店、外滩……上海的很多地方让我们想起纽约。当我们在米氏西餐厅的露台上喝着香槟、遥望天际线的时候，竟仿佛回到了大洋彼岸。我们尽情欢笑，各处留影。邀请信像雪片一样飞来，她全都拒绝了，除了总领事的那封，因为她听说法国领事馆是一座坐落在昔日法租界中心的别墅，而她一直痴迷20世纪30年代的风格。大厅里有一架钢琴，晚餐结束后，领事恳请她弹一曲。黎薇很隆重地站起身，同坐的宾客鸦雀无声，礼貌地等待着她的演奏。然而黎薇，妙不可言的黎薇，竟跳起疯狂的狐步，在众人错愕的目光中，用老黑人一般的沧桑嗓音高唱起来。

第二天，我们参观了老城区的城隍庙，而豫园的奇石最吸引黎薇的注意力。"这些石头，就像音乐一样。"每一块石头都有着奇异的形状，放置在珍贵的硬木底座上。一路上，黎薇不停地说起这些石头。如果她知道我此刻就在北京，在这座城市最美的宅子里，而刘丹近在咫尺……她会作何感想？当时的我已经与石头相遇了。我看着它们，它们看着我，而黎薇就是见证人。这些深浅不一的块状物也让我想起与黎薇度过的美好时光。那是春寒料峭时节，我们一起登勃朗峰。一天的劳顿之后，我们在一片高山湖泊边搭起了帐篷。筋疲力尽，但很幸福。野餐小酒之后，我们长久地拥吻。黎薇的嘴唇如此温热。万里晴空之下，湖光山色之中，空气是那么纯净。之后，我再也没有见到过这般繁星，这般美景。明镜一样的湖水颜色很深，几乎让人不安。四周的山峦，像天一样壮阔。第二天清晨，黎薇看着雪山对我说："如果有一天我不在了，你就来这里，山会安慰你的。"我安静听着，没有回答。然后她转过身面向我。她的眼睛藏在墨镜后，我看不清楚，但从她紧锁的眉头和轻撇的嘴角，我发誓她是在强忍泪水。

*

到达巴黎的时候，她已经毫无生气。她躺在头等舱的大座椅上，空乘一开始以为她睡着了。在发现怎么也叫不醒她之后，空乘呼叫了急救医生。黎薇昏迷不醒。高血压导致脑动脉破裂，颅内出血，血肿压迫进而引起脑水肿，脑组织受到破坏。根据病情的严重性和发生位置，病人血肿部位的对侧肢体会瘫痪，同时伴有感觉障碍、视野缺损、失语以及意识障碍。如果病人比较幸运，后果只是轻微的运动障碍和长期的觉醒程度下降。而最危险的病情则会让病人迅速陷入昏迷状态，几小时后就会失去生命。

　　我在她之前回到巴黎。飞机坐满了，我总是在最后一刻才去机场。一听说黎薇病危的消息，我就立即赶到圣宠谷军医院。仁慈的上帝，请将黎薇纯净的灵魂留在你身边，留在你无尽的爱中。

第三章

有一种跳入不幸的方式。就如雷声大作,闪电迸发,击碎沙漠里的岩石。我把自己关在屋子里,一动不动,就像被闪电劈成两半的石头。夜里,我再也无法入睡。我漫无目的地看书,漫无目的地行走。黎薇的身影紧跟着我,寸步不离。每当我沉入睡眠,她就会解开在最后一场音乐会上穿的那件黑色长裙。长裙滑落到她脚边。我睁开眼睛,却发现自己孤身一人。我浑身都疼,特别是心。我常常想起那次勃朗峰之行,雪如天鹅绒一样覆盖在山上,那么美好。我记起黎薇说的那句话,在心里故地重游。我向上攀爬,除了攀爬之外什么也不想。一步,又一步,双手扶着结满霜的山石。起雾了，秋天的雪暴。在砾石山顶上，我差点滑倒。山支撑着我。这些从地壳中迸发而出的巨石，静默着将我环绕。

后来，我买了一张去纽约的机票。我必须再次看看路易丝·奥松维尔的肖像，再次看看她蓝色的双眸、玫瑰色的红唇和丝带绾起的金发。我来到亚洲协会，一开始如履薄冰，但逐渐融入了这个圈子。前来讲学的专家学者中，有作家、艺术史学家，有批评家，还有一些不那么严肃的哲学家，比如余丹。这位"学术明星"曾受邀来协会分享孔子的快乐秘诀。但真正让我忘却痛苦的，还是绘画，是那些远观神似、近看则各有千秋的山水佳作，是那些代代传承的画家和书法家，是那种抹去你身后所有痕迹的方式，就像从藏宝室里退出的小偷，蹑手蹑脚地揩去指纹留下的印痕。山水美境在我眼前展开，将我卷入。中国之行渐渐从一个模糊的想法变成明确的计划。有了计划，心里就踏实多了。逝者长已矣，生者如斯夫。乐音犹在，节奏正由缓转急。

天时，地利，人和

我偶然读到一篇关于刘丹的文章，刘丹在文中谈到了毕加索，还有天时、地利、人和这"完美三法则"。这一定是黎薇的迹象。她不可能就这样抛下我。她变成了一颗星，一个天使，一颗石头。我并不知道她幻化作什么身形，但她就在那儿，从未远离。是她指引我走向刘丹。而刘丹，这位时空的旅人，正用他的匠手将世间黑暗一把掀开。他与黎薇的邂逅虽短暂，却隽永。我深夜失眠的时候，刘丹还在创作。他以晨曦为画材，墨上的晶体捕捉着光线。墨成了光线，代替了光线。我准备好了。我并未忘却痛苦，但痛苦竟变为一道亮光。照亮的方向，就是中国。

*

明媚的清晨，阳光从落地窗倾洒进来。喷泉的水池里游着三只金鱼，潺潺的水声令人神清气爽。我四周皆是书画，一幅幅、一件件都小心存放在黑白红三色瓷尊中。庭院的石板上摆着两尊柬埔寨佛雕，一只黑猫悄无声息地从中间穿过。除了屋里窸窸窣窣的脚步声外，几乎听不见任何声响。我的东道主深谙道家精髓，日复一日、年复一年地从各处搜罗了大量道教文物。他知道，须得"大隐"，才不致被这尘世耗尽一生。他给了我一张单子，上面列出了我该去寻访的地方，又送我一本日历，几月几日哪里

第三章

有关于石头的讲座,一目了然。他还给了我一份博物馆名录。"北京是不够的。你得出去看看。"

第一场讲座在河南,关于画家荆浩。让我最终决定前往的,是这次讲座的地点离龙门石窟只有几公里远。在纽约时,我就经常读到荆浩这个名字,相传出自荆浩之手的一幅画藏于美国,另一幅在中国台湾。荆浩常被尊为中国山水画之祖,正是他开创了以描写大山大水为特点的北方山水画派。讲座在一家阴森森的酒店举行,我的房间在底层,屋里弥漫着烟味,地毯也脏兮兮的。然而,四周的寂静和空无还是让我阵阵欣喜。我是深夜到达的,在机场迎接我的是省旅游局的一位女职员。她很年轻,衣着朴素,穿着略显拘束的套装,胸前抵着文件夹。一应事宜,我的东道主都跟她交代好了。公务车在亮堂的高速公路上疾驰,一路上,她都操着蹩脚的英语向我介绍河南省丰富的文化:龙门石窟的巨佛;少林寺的武术;传说中老子的诞生地。此刻,在潮湿阴冷的房间里,我突然想起这名单。房间里有五盏灯,其中两盏竟然连灯泡也没有。这里和我东道主那雅致的宅院比起来,真是一个地下一个天上。如此天壤之别,让我觉得有意思。

荆浩是首先强烈感受到石之力量的画家之一。这不仅仅体现在他的画作中，他在《笔法记》中也有所提及。《笔法记》又名《山水诀》。

  回迹入大岩扉，苔径露水，怪石祥烟。

之后：

  或回根出土，或偃截巨流，挂岸盘溪，披苔裂石。

  "怪石祥烟"，爆裂的石头。荆浩想象中的景色被石头电化了。中国专家一个接一个地上台演讲。一位德国博物馆馆长和一位美国教授也做了简短的演讲，但我没有听。说实在话，我只等一件事，就是参观洛阳的龙门石窟。

*

  几个星期后，房东提议让我陪他去杭州，参加一个赏石文化研讨会。经历过荆浩的讲座后，我跟他解释说研讨会我可以不去，但很乐意与他同行，去那座南宋古都看一看。杭州西湖地处闹市，湖中有石，就像维纳斯从波提切利笔下的海水中诞生一样。而维纳斯本身，也是一颗绝美的石头。她的发丝缠绕交错，风情万种，如矿石一般。

第三章

房东告诉我，刘丹也会参加。这个消息让我下定决心前往。整理行李的时候，我不忘在两件衣服之间夹进老普林尼的三册书：关于鸟类的第十卷，关于酒的第十四卷，以及关于石头的第三十六卷——"大理石制的奢侈"。

列车开动了。我的东道主当然是坐一等座；他也为我买了一张票，同一节车厢，但并不在他旁边。他总是很小心，从不把坐在他身边或跟他说话当作任务一样强加给我。车外疾驰而过的风景单调乏味，让人昏昏欲睡。我们经过一个又一个相似的车站，一座又一座相似的城市。一些乘客下车了，另一些乘客上来。一块石头如果以足够的力量扔出，会给人一种仿佛在飞的错觉。我的头靠在高铁的车窗上，因为火车速度快而嗡嗡作响。到达杭州站的时候，广播里正在向旅客介绍城市的景点：南宋古都遗迹、西湖。出发之前，我在网上查到，马可波罗和伊本·拔图塔都到过这座城市。两位都很喜欢杭州，所以我也决定追寻他们的足迹。之后，我会去上海，追寻我自己的足迹，并在上海大剧院周围和空气中悬浮的颗粒物中找回一点黎薇的痕迹。

房东的一位助理已在站台上等候多时。他急忙走过来拿过我们的行李，并提议开车直接把我们送到住处。我的东道主和刘丹从不住酒店。他们有秘密的住处，散落在世界的每个角落，无论去哪儿，都如归人。

我想出去散散步，便问房东能否过会儿再去找他们。他提议我们先回住所安顿，然后我就能自由活动了。

尽管暴雨越下越大，我还是朝西湖走去。一路上，雨伞不停地挂到柳树低垂的枝叶上。湖面上雾气弥漫，隐约可以看到几个垂钓者，还有一对紧紧相拥的恋人。对岸便是茶场，这里的龙井茶名扬天下。但雾太浓，将一切都笼罩其中。山色空蒙、缥缈朦胧，宛若瑶池仙境。此时的湖光山色便是中国最著名的风景之一，被印在了一元纸币的背面。每天，这景致都在几千万人手中传阅。

我从钱包里拿出一张一元纸币，折成纸船，放在湖面上。雨停了。我轻轻吹一口气，小船慢慢漂远了。

*

研讨会上名家云集，各国教授一进门就赶紧在礼堂的沙发椅上就座。浙江大学果然名不虚传，会议组织者细心地考虑到了每个细节，连名牌香烟都备好了。他们知道我要来，给我在前排安排了座位，桌签上写着我的名字，桌上放着一瓶水和一杯茶。我的座位在房东和一位研究卢

第三章

克莱修的美国女专家之间。她不乏吸引力，一头短发露出细腻的颈部。但她打招呼的态度高傲而冷淡，我就像被浇了一盆冷水。可怜的女人，纵使满腹经纶，却并不快乐。"运动证明了虚空的存在。"我轻声念起卢克莱修的这句名言。她有些吃惊，讶异我竟然了解她研究的作者，这才矜持地笑了笑，但马上又收住了笑容。她可能认为，欢乐与严肃相违背。我突然意识到，多亏了黎薇，我才没有变得像清教徒一般克制和严肃。因为黎薇明白，如果想要逃离死亡，严肃的就必须是欢乐的。

晚上，主办方为所有与会者组织了一场招待晚宴。宴会上也有当地的名人，其中有一位名叫余华的作家，他的作品被翻译成了十几种语言。余华携友前来，此人是北京大学教授，精通法语，爱好法国当代文学，与勒·克莱齐奥和米兰·昆德拉也交往颇厚。我们上午已见过面，作家持重谨慎，教授却和蔼可亲。他们在面向西湖的露台尽头谈话，我也走了过去。刘丹和我的东道主坐在一张矮桌旁，身边还有两个人。那位美国女教授正凭栏沉思。她回头看到了我，虽然有些厌恶我刚点燃的雪茄的味道，她还是向我走来。我给自己倒了一杯威士忌，她则倒了一杯生姜气泡水。

她问我在中国做什么。当我告诉她我已经在北京住了两年，正研究应用岩石学的时候，她看我的眼神就不一样了。我猜这该是敬重的表现吧！我突然成了她喜欢的类型：深入实地的学者，公认的专家。她来了兴致，但我岔开话题，因为我一点也不想跟她说太多自己的事。正巧，研讨会的主办者过来跟我们打招呼。他很年轻，一缕头发掉落在眼前。他是法国人，在当地一所大学研究古代艺术史，妻子是中国人。他喝着白葡萄酒，谈笑风生。他的眼神很是疲惫，骨子里却透着快活，藏着戏谑。他在自己的派对上逍遥自在，有一点盖茨比的味道。我起身感谢他的邀请，并跟他说我可能不会参加所有的会议。他建议我无论如何也要去听听关于理查德·罗森布鲁姆的那场讲座，主讲人正是他的女儿。罗森布鲁姆是艺术家、雕塑家，更是20世纪中国文人石最重要的收藏家之一。也许是威士忌起了作用，有那么一瞬间，我很想提议送那个美国女人回酒店。但我一想到明天，一想到从大洋彼岸发来的邮件，就打消了这个念头。我起身离开了这个艺术爱好者的小圈子，独自一人去湖边散步，把美国女子留给了那个法国人。雨停了。石板依然很滑，路上漆黑一片，我看不清脚下，偶尔会一脚踏进水洼。西湖成了一座黑沉沉的洞穴。一个骑自行车的小贩在我身边停下，向我兜售他的宝贝。我掏出十几张钞票，买了一个小木雕，多半是人工做旧的仿制品。我坐在一棵柳树下，一动不动，承受着雨后夜晚

第三章 >>>

的阴冷,唯一的陪伴就是这个小小的木头雕像。这是一尊道家的神仙,身披盔甲,手中的剑已折断。他稳稳地立在石栏上,目不转睛地看着我。

手机铃声骤然响起,把我从神游中拉回现实。是房东打来的,他发现我离开了,有些担心。我跟他说我能找到回去的路。住处就在湖对岸,穿过轻薄的雾气,便能看到房子大门前挂着的灯笼。没什么可担心的。我还有一整夜的时间来思考石头。

*

车载广播里播放着在世界上的每个角落都能听到的低低的流行音乐,歌手尖利的嗓音蚕食着清晨的寂静。一大早,我决定坐出租车到城里逛一逛。大腹便便的司机卡在驾驶座和方向盘之间,换挡时只需动一动指头,连胳膊都不用抬。这辆20世纪90年代的"现代"刚刚合他的身材,再多两斤赘肉,他就挤不进去了。21世纪的杭州和中国所有城市一样,都像是一个模子里刻出来的,只有近看才能察觉到古都遗留下来的痕迹。除了西湖之外,已经很少有东西能见证"东南形胜,三吴都会"的盛景了。三十年来，西湖水质污染也不断加剧。然而，西湖平静的水面下，却隐藏着一个保存完好的秘密：湖底的水流孕育出了千姿百态的奇石。黎薇喜欢湖，喜欢湖里面静止的水。她说音乐就像湖水，在沉寂中等待波澜。而石头呢？司机带我去看城市的开发区。二十分钟后，我们就闯进了一个充满未来气息的所在。崭新的高楼直指天空，墙壁被粉刷成各种颜色。修剪整齐的大草坪上立着一块巨石，十分壮观。司机说，这里是"中国的硅谷"。今天是星期天，但宽阔的马路上到处都是穿着短裤、撑着各色阳伞的年轻人。目之所及，星巴克和必胜客就有好几家。这里和美国佛罗里达州的高新技术区已没有任何差别，只有一个细节除外：矗立在大草坪上的石头。这些石头和周围的环境如此格格不入，但它们就突兀地杵在那儿。没人注意它们，仿佛它们是约定俗成的装饰，中国文化的遗产，往昔岁月的遗迹。我让司机停下车，打开车窗，湿热的空气涌入车内。我长久地注视其中一块石头。与周围线条鲜明的建筑物相比，这些石头的形状让人难以捉摸，无法用既定的几何规则解读。那里俨然伫立着的，是中国文化的看门人还是定时炸弹？除了几个迷路的游客之外，再也没有别人在它们面前驻足。偶尔有好奇的游客与石头合影，他们对着镜头露出天真的微笑，大智若愚。

第三章

司机把我送回会场。那位卢克莱修专家站在台阶上，看到我，她露出明媚的微笑，整个脸庞都被这笑靥映得容光焕发。我心里想，美其实是很简单的，刻意保持严肃对自然美的杀伤力让人难以置信。而在刚才的几秒钟，我看到了真实的她，发现她特别美。我下车的时候，她向我走来。雨停了。人们纷纷往报告厅里赶，我们踱着步子，不紧不慢地跟在后面。她说昨天看到我和刘丹交谈，想向我打听更多关于他的事情。我说，晚上再聊也不迟。她很吃惊，一时竟说不出话来。这让她之后的默许显得更加微妙——她的同意不是一时冲动，而是深思熟虑的结果，是真实的渴望。这就是她等待已久的邀约吧；抑或是我想多了？当晚，我们相约在一家茶室。这是一家私人会所，我们点了法国酒。酒杯像肥皂泡一样圆，盛着她挑选的卢瓦尔河谷葡萄酒，入口柔和，余韵绵长。她笑起来的确很好看。她穿着一件深红色的低领针织衫，并无多余的修饰。

我们两人对拉丁语作者都怀有无限的敬意。虽然远隔世纪，他们却将真理一语道破。她跟我解释说，拉丁语作者留下的作品数量很有限，只有一千五百部，所以通读全集也并非痴人说梦。她还没结婚，刚从一段漫长的感情中走出来，那人也是研究古代文史的学者。幸好，她没向我透露更多细节，我宁愿她说说她翻译的拉丁语和希腊语作者。我暗自赞叹,她看上去相当年轻,译著竟已如此丰厚了。

她一年前刚从加州大学洛杉矶分校拿到了博士学位。对她而言,这次研讨会有点像一个纪念日。她的脸微微红了,是因为不胜酒力吗?这是她第一次作为专家受邀来中国。她惊叹中国学者的博学,他们对卢克莱修的了解竟比她的一些同事还多。她不敢相信我把老普林尼的全集都带到了中国。我跟她聊起我对石头所做的研究,还有我正在写的小说。我说,她可能会成为小说里的一个人物。她轻轻笑出了声。她慵懒地陷进柳条编制的扶手椅中,双腿交叉。她穿着黑色高跟鞋和牛仔裤,简洁而优雅,黎薇有时也会这样搭配。没有什么比天生的风韵更迷人的了。

她向我讲述她在加州的生活。她曾代表一家非政府组织到贫民区推广全民阅读,当她的同事听说古典美文从拉美裔和黑人口中朗朗诵出的时候,都不敢相信。所有孩子都一样,即使是在最敏感的街区:一开始总有些拘谨,一会儿工夫就变得乖巧大方了。我们从西塞罗、普林尼聊到卢克莱修,甚至还谈到了普罗提诺的三一原理。这位定居罗马的希腊哲学家提出太一、精神、灵魂三位一体,全部感性世界皆由此生发。如今的人们早已与大自然隔绝,像困于蛛网的飞虫一样,迷失在互联网和钢筋混凝土的森林里找不到北。她最爱的哲人卢克莱修，便是现世的一剂良药。

《物性论》是一本很轻的小书，但若取其精髓熟读深思，却颇有所得。此书是古罗马共和时期最重要的哲学著作，由西塞罗亲自整理定稿，作者卢克莱修也是唯一一个真正与伊壁鸠鲁相熟的人。除此之外，人们对卢克莱修几乎一无所知。他生活在一个或许比如今更加动荡不安的时代，一些人断言他最终自杀了，但更有可能的是，他遵从了导师伊壁鸠鲁的教诲：退隐。两千一百年后，他的生活依旧成谜。"运动证明了虚空的存在"——《物性论》中，她最爱这一句。她不经意地笑了，膝盖碰到了我的双腿。她没有退却。在这个故事里隐藏一个小秘密，对任何人都没有坏处。如果你不想被打扰，退隐也并非坏事。这一点，刘丹也心知肚明。

*

在产生兴趣之前，我们先是被吸引。留在这感官的童年期，不去理解，而是去领会，这不是更好吗？石头吸引着人，就像磁铁吸引着针。

>>> *石头新记*

时间从这一头穿过，又从那一头离去，在这块似绿非绿的石头上刻满了白色的划痕。它大约五十厘米高，二十厘米宽。我应该是知道它的重量的，此刻却想不起来了。我翻阅着出发前房东送给我的书。夜深，难眠。我踱回坐落在西湖边的住所，庭院里静悄悄的。偶影独游，可惜无酒，不能邀月。我泡了一杯茶，坐在窗边的小桌前翻看这本藏石集。风吹进来，茫茫夜色中，窗外的湖水成了一片虚无，就像夜中的夜。

*

奇石之妙，只可意会，难以言传。奇石之美，在于其浑然天成，鬼斧神工。须雕紫檀为座，将这天地精华、亘古灵气供诸案头。这块明代的博山文石名曰"万雄之雄"，座与石浑然一体，相得益彰。我欲进入石内细细观赏而不得，照片也只能呈现一面，无法再现其气、其味、其材、其声。石中又有灵璧者，最是奇绝，不仅好看，而且好听。悬于木架上，以铜棍敲击，其音清脆悦耳，多用于宫廷雅乐、盛大祭典。是日清晨，湖边公园里，人们三五成群，或唱歌，或跳舞，或奏乐，好不热闹。困意袭来，似梦非梦间，我仿佛看见一位女子轻敲编钟，远处传

第三章

来一阵丁零零的响声。群鸟飞过，消失在对岸的朦胧烟雨中。奏乐的女子转过身来，我见过她。我合上双眼，沉沉睡去，梦境却苏醒了。奇形怪状的石头从四方涌来，通体洞窍，孔孔相连。身定而神游——入睡，便是一种重归于石的方式。

次日，我早早起身，只觉神清气爽，身体至少年轻了十岁。我读了一会儿普林尼的书，接着昨天的笔记记下去，又泡了一个澡。手机响了，我预感是她打来的。我没有接。

第三天，研讨会进入尾声，我昏昏入睡。有人谈到了福楼拜的童年挚友路易·亚森特·布耶。我就不详细介绍了。这位帕尔纳斯派诗人留下一本诗集，名曰《化石》。

形亡而实存
物是却人非
因果随潮去
万象逐沙流
天地有恒道
世事本无常
生如新笋出

> 死似旧梦归
> 此去不知处
> 转头万事空
> 只待丝中魂
> 破茧化蝶飞

末句不免落俗,却感人至深。当时的人们仍把灵魂比作飞鸟,而今天,灵魂只是DNA的一部分。刘丹走过来,在我身边落座。轮到那位美国女学者上台发言,短短十分钟里,她旁征博引,妙语连出。末了,她朝着我座位的方向念道:

我所遵循的秩序让我告诉你世界可以诞生却不能持久。

一切终将消逝,对吗,卢克莱修?《物性论》中的这几句,此时竟有了一语成谶的意味。人们应该参透的,并非石头的历史,而是这世界的历史:它偶然的诞生和必然的消亡。果真如此吗?刘丹仍是一如既往的平静,我想,他对这谶言一定是毫不在意的。卢克莱修不可能什么都对。

轮到安娜·罗森布鲁姆了。她从报告厅中间的过道

第三章

走上讲台，刘丹的注意力立即被唤醒了。她的父亲与刘丹是故交，生前对刘丹推崇备至，也曾买过两件他的作品。他们曾在纽约畅谈奇石鉴赏，斯情斯景，刘丹仍记忆犹新。理查德·罗森布鲁姆既是藏石大家，又是雕塑家。艺术家最需要时间的积淀，可惜天妒英才，他壮年早逝。如今，从纽约大都会博物馆到波士顿美术博物馆，他用尽一生所藏的文人石散布在世界各大馆中，耐心等待着知音的到来。安娜的报告扣人心弦，字字句句都透出她对生活的热爱，以及对中国、对艺术的品位。"对于这些石头而言，最糟糕的事情莫过于被固定在木底座上。它们困于案头，无法摆脱艺术作品的身份，回归自然野生的本性。石头一旦离开文人的书房，回到自然环境中，就会在顷刻之间失去艺术品的特有的雕琢感。"她随后在大屏幕上展示了苏州画家陈淳作于甲辰（1544）春日的鸟石图。一块奇石高耸于盆内，根畔生长着几根细长的芦苇，一只鸟立在石上。在座的盆景专家激动地小声议论起来，刘丹却眯起眼睛，饶有兴趣地欣赏着画作，却似有保留。陈淳是不错，但他此画却差矣。石头怎能放在盆中？刘丹画石时，会保留它们的失重感。安娜回忆起她的父亲："在西方雕塑中，动作来自外部。雕刻出肩膀、手臂，动作便由此而来。但在中国的赏石艺术中，动作来自内在。"报告结束时，她为我们放映了刘丹的《云根》。在场的所有人都被震慑住了,偌大的报告厅顿时鸦雀无声。

卷首的题字极小,远看就像一排排虚线,须得靠近才能看清。文徵明曾在弟子陈淳的画上作跋,刘丹此番技艺,可追文公。《云根》画的是灵璧石,早在明代,这块珍玩就被文人清供于案头了。我曾在房东的书房里见到过它,与其说是石,不如说它是天地之气的凝结,上有四个圆形孔洞,孔孔相套,洞洞相连,风从一头涌入,在石中旋过几巡后,方从另一头穿出。刘丹笔下的灵璧不是供于座上,不是栽于盆中,不是置于地面,而是搁在宣纸本身的边界上,就像一种不言而喻的美,一个悬而未决的动作,一块正在成型的宇宙。安娜走下讲台,在屏幕上留下了这幅画。观众席中发出窸窸窣窣的声音,人们知道刘丹就在现场,或许是害怕看不懂他的画作,一些听众有些不耐烦了。"小知不及大知,小年不及大年",蜩与学鸠"生长榆枋,本无所知,亦无远举之志,宜乎其笑大鹏之飞也"[①]。

[①] 引自《逍遥游》《庄子今注今译》。

第三章

*

扶摇直上九万里，仅二字足矣：刘丹。他之所以伟大，是因为他赏石绘石而不滞于石。在他笔下，万物皆成石。他所描绘的石头并非毫无生气的静物，而是凝聚浩然之气的生命体，在时空中穿行自如。就像他那一代大部分的中国人一样，刘丹个头不高，举止敏捷，谈吐自如，一张俊朗的国字脸棱角分明却线条柔和。他总是一袭黑衣，长长的白发束于脑后。刘丹远人，萍水相逢者以为他孤傲，了解他的人却明白，距离感只是他用礼貌筑起的堡垒。面对一个他不愿打扰的世界，刘丹宁可站远些。他对世界的尊重，就如猫对池塘的尊重：猫观察池塘，窥探它的旋涡，但绝不跳入。他是古往今来艺术投机者的反面。那些投机者像癞蛤蟆一样呱呱叫着，打着嗝儿，然后带着一丝故作的优雅，跳进泥沼中。

刘丹。打开字典，可以找到"丹"字的几个不同用法，从中可管窥汉语的丰富。

丹，朱砂。
丹，辰砂。

丹，染成红色。

丹，灵药。

丹，精华。

丹，炼丹术。

丹，道。

丹，赤诚。

刘丹，历史上最伟大的文人石画家之一。像黎薇一样，他也是一位音乐家，以他自己的方式。

*

刘丹的报告是整场研讨会的压轴戏。他谈到奇石的鉴赏标准，内容着实精彩。我忍着头痛奋笔疾书，尽力将他所讲一字不漏地记下。他出口成章，娓娓而谈，话筒中的声音低沉而清晰。他从白居易讲起。这位唐代大诗人在《太湖石记》中写道："石有族聚，太湖为甲，罗浮、天竺之徒次焉。"今天的人们能否想象，一位政治家面对一块石头，竟能"待之如宾友，视之如圣哲，重之如宝玉，爱之如儿孙"？《太湖石记》中，白居易笔下的名臣牛僧孺正是如此嗜石成痴。而米芾则更甚，因为他超越了石之物态的局限，逍遥于天地之间而心意自得。产自安徽的灵璧，由磬石山湿润的红土耐心养育而成。金属一般的构造，质地坚硬，利刃剖之而不动。扣之清越如金石之声，可采之做成石磬。广东英石则性阴，比灵璧更柔软，表面有条纹。晚上，刘丹与我的房东相约去江南名石苑访绉云峰，就像去会一位老友。夜空下，这座近三米高的英石峰矗立于松竹之上，孤峙无倚，形同立云。今夜无云，因为云气精华都被这石峰吸去了！还有名臣牛僧孺最爱的太湖石，经水波荡涤，历久侵蚀而缓慢形成，成于湖底，自然质地温润，色泽柔和。还有产自昆山玉峰山的昆石，敢问此物有多珍奇？宋代诗人陆游在他的一首七律中赞道："雁山菖蒲昆山石……一拳突兀千金值。"石的种类繁多，但也并非不可胜数：黄蜡石、木化石，产自山东、广西、新疆，有的由玛瑙、玉、乳白石、石英或水晶构成。石头有着各种光泽：白色、灰色、栗色、红色、米色、黑色……甚至是绿色，比如崂山石，还有青色，还有黄色，透出琥珀般的光彩。根据日夜光影的变化、湿度、风、水，乃至观赏者造诣之深浅，石头会呈现出不同的风采，观之弥新。对于闻名古今的第一石痴米芾而言，艺术家的最高境界就是自然天成、任性而为，进入石之化境。

宋人叶梦得《石林燕语·卷十》记载了这样一段逸事：

>>> 石头新记

知无为军时，州治有巨石甚奇。芾见之大喜，曰："此足以当吾拜。"遂具衣冠拜之，呼之为兄。

一位地方官上任第一天，见奇石竟跪拜于地。如此举动，难怪世人皆"以芾为颠"！事实上，米芾的癫与痴，竟是心头的一片洞明！竹，象征着文人的正直，风过不折，雨过不污。而米芾眼中的石，则象征着自然、变化与稳定的内在美和力量。米芾是历史上最伟大的书法家之一。刘丹望了一眼台下目瞪口呆的观众："米芾应该很清楚他所说的变化和稳定是什么意思。"讲到米公的"相石四法"，他抬起手，在空中划出了四个字：

瘦

皱

漏

透

第一个"瘦"字指石在形体上孤高磊落，峭然挺拔，风骨清举，形态奇伟；"皱"指石表皮上天然形成、变化有序的凸凹纹理。时光变换，沧海桑田，共同造就了这种怪异之美。这种美甚至令人不安，就像暴雨将至，黑云压顶之时，只有天空与地平线交汇处的"一线天"将这黑色

第三章

的幕布撕开一条细缝,让地上的观众窥探到天外一角;"漏"指石上有孔穴,上下贯通,影影绰绰,别有洞天,为内部循环留下通透的空间。这与道家的真气循环一说相通,亦符合道家的人体观:真人之息以踵,梵穴位于头顶上方。米芾还是一位痴迷的藏石者,上佳石子,他一一品题其名,藏于雅斋,"入玩则终日不出"。米芾所藏的那方灵璧石"研山",便是其搜获的李后主之旧物。此石峰洞相连,错落有致,将水从顶端注入,则千回百转之后,方从底部流出。米芾在《研山铭》中有道:"予尝神游于其间。"苏轼是另一位嗜石成癖者,藏有奇石"小有洞天"。他最喜将小香炉藏于底座的空膛中,焚起香料,观察烟缕丝丝袅袅依着石体冉冉上升,乐此不疲。

四字诀中的最后一个"透"字,终于将赏石者带入了石的内部。"透"指石上有较大的孔洞,前后贯通,仿佛有意邀请观赏者进入其中,也走一走那只有天地精气才能穿过的秘密通道。刘丹谈到法国作家罗歇·凯卢瓦,那是一位赏石行家,曾提到过雄黄的用处:"当一个女人发觉自己怀孕时,她只要把一小块雄黄包在丝绸里,然后放入阴道中。胚胎就会获得力量,成为男胎。"我瞄了一眼那位美国学者,她正全神贯注地听着刘丹的报告。她侧过身,对我耳语道:"这就像假阴茎,最初的假阴茎也是用石头做的。德国找到了一个,在霍赫勒·菲尔斯洞穴里,

> 石头新记

年代是公元前28000年。"这倒是个与众不同的邀请,但我有更重要的事情要做。

日与其徒上高山,入深林,穷回溪;幽泉怪石,无远不到。到则披草而坐,倾壶而醉,醉则更相枕以卧,卧而梦。意有所极,梦亦同趣。觉而起,起而归。

我们也打算学一学柳河东的雅兴。那天晚上,研讨会结束后,刘丹、房东和我畅饮了几瓶价格不菲的美酒,尽兴谈石。米芾仿佛也来到席间。我们自由自在,不拘礼节。那位美国女学者或许正渴望那三万年前的假阴茎。我或许应该接受的。

第二天早晨,我与她道别。她希望我们保持联系,让我"照顾好自己"。好。我赶往火车站,下一站是上海,距离这里一个小时。刘丹和我的房东需要去上海见一位意大利收藏家,据他们说,这位藏家是一个教士。然后他们会去南京看望各自的父母,两位是发小,都是南京人。

第三章

*

检票员将我们安排在一间漆成淡蓝色的隔间里,座椅很宽敞。天色尚早,微凉的一夜后,火车穿过的田野消散成了轻烟。刘丹问我,研讨会有意思吗?是的,很有意思,特别是关于卢克莱修的那部分。我问了他几个比较个人的问题,他知道这是为了我的书。我跟他说,这将是一部小说,故事、人物皆为虚构,除了关于他的那部分。他看起来并不反对这个想法,这让我受宠若惊。他很清楚广告对艺术的危害,因此极少接受采访。而事实上,现代艺术难道不就是由它对市场营销的奴颜婢膝而定义的吗?拿中国炒作、借政治出名:毛泽东思想和红宝书曾经让一群投机者赚得盆满钵满,现在就属"异见"最好卖,保证你扬名世界,财源滚滚。房东和我们隔了几个座位,他假装睡觉,实际上却在认真听我们说话。我不知道他是否跟刘丹说过他的计划:他打算为小说的中文版做一个豪华版,每一次印刷都会收录一张刘丹的原创作品,只留给最好的收藏家。简而言之,这是一次反击。此刻,我能揣测到刘丹的直觉。洞察力。经验。死亡的到访。精确的双手。超脱。他有没有看见我脑中的血液,正在像宝晋斋中砚台里渗入的水一样慢慢上升?无论如何,他知道黎薇的事。他从未跟我提起过黎薇,但我知道他并未忘记她,也并未忘记路易丝·奥松维尔,更未忘记黎薇奏响的隐秘乐曲。黎薇,这美好的化身,终是离开了这乱世,去到那石的世界中。

"看到窗外的风景了吗?"

"看到了。"

"想象一下,是风景在看你。想象一下,没影点①不再是那个随着我们前进而不断后退的假设点,而是你自己。"

我在本子里记下了这几句话。刘丹的英语不错,他毕竟在美国生活了近二十五年。我跟他说,我曾经在一本书里看到过张大千的一张工作照。他站在桌前,正在创作。身后的书架上,放着一块漆木底座的石头。张大千怀着对文人传统的敬意,以石伴居。他也画了许多奇石图。刘丹从行李箱中拿出一台iPad,快速地在网上搜索了一下,屏幕上便显示出张大千的一幅画:《拜石图》。石头画得甚是简洁,文人亦用细笔勾勒,但他的眼神却好像并没有落在石头上,而是在旁边。张大千的字歪歪斜斜的。刘丹

---

① 绘画术语,指透视焦点法中,纵深方向平行的直线在无穷远处最终汇聚消失的一点,也称为消失点或焦点。

第三章

随后给我看了几幅张大千其他类型的作品。在这幅画里，张大千的问题就是一定要模仿古人：主题一样，技法也相似。而张大千本人也留着丝一般的长胡须。

我之为我，自有我在。古之须眉不能生我之面目，古之肺腑不能入我之腹肠。我自发我之肺肠，揭我之须眉。纵有时触着某家，是某家就我也，非我故为某家也。

写下这段话的画家生活在明末清初，字石涛。

"张大千曾赠给毕加索一支毛笔。"
"毕加索用它作画了吗？"
"用了，以他自己的方式。这是最重要的。"

1956年7月，张大千在昂蒂布与毕加索见面。一位是背井离乡的西班牙大师，另一位是同样背井离乡的中国大师。背井离乡让他们回归自我。远走他乡三十年后，刘丹才参透自身的秘密。在普罗旺斯的艳阳下，张大千和毕加索共度了一段时光。他们谈了些什么？这是一个谜。我们所知的，是他们互赠了画，并讨论了艺术。像工人一样粗壮的毕加索穿着衬衫，对留着长白胡须的中国文人说：中国画与西洋画一样伟大。就是在这时，张大千赠给了他一支毛笔。刘丹给我看了毕加索用这支毛笔画的画,是一位骑着马的斗牛士,拿着长矛,挺拔的身形在地上映出一片斑驳的阴影。日期的书写还显得很笨拙,但长矛和阴影这两笔却堪称完美,既有"肉",又有"骨"。

"毕加索给我的印象很深,却还比不上莫奈和他的《睡莲》。《睡莲》中,光、影、色瞬息变化的博大气象堪称壮观。但莫奈从不会不加思考地动用前人现成的经验,这一点和我欣赏的不少中国大师如出一辙。"

"我听M.说,成都马上要举办一场毕加索展。您会去吗?"

"不去。我更愿意直接去源头,比如巴塞罗那或巴黎。我需要沉浸在它的环境中,才能欣赏一幅作品。因此,我喜欢被艺术品环绕。每一件艺术品都是一台时光机,它们是进入不同时代的方式,是时间的硬核。"

我想起我在杭州的第一天晚上买的那尊木质小雕像。此刻,它正裹着几张报纸,躺在我的箱子里沉睡。这是一个天兵,长着一张大红脸,披着蓝黄相间的盔甲,折断的剑只剩下护手和剑柄。他赤脚踩在风火轮上,紧紧握着长剑,腰带随风扬起。

"在战争的艺术和艺术的战争中,有三个决胜因素:

第三章

天时、地利、人和。三者不得,虽胜有殃。"

毕加索三者皆备。"开始属于未来。"我没看懂这句话,但记了下来,并在下面划了一道着重线。这句话和我早先记下的另一句颇有异曲同工之妙:"未来在你身后。"火车进入机场一般的上海站。夜幕低垂,城市的灯亮起来了。

*

阳光将我从睡梦中唤醒。天还早。床头柜上,灵芝形的底座上供着一块浅栗色的石头,像火花一样舞蹈。我不知道是谁把它放在了这儿。灵芝常被称为长生不老药,其药用价值在东汉时期就已闻名天下。直到19世纪,灵芝才有了学名:Ganoderma lucidum。名字取得不错,因为它在拉丁语和希腊语中的意思都是"明亮之光"。果然名如其物:长生不老,应该也是一束明亮之光吧。

你有500万到1800万老美元可花,你觉得房子、车子、太空旅游一点意思也没有(你说的没错),你觉得唯一有价值的东西,就是时间。于是,你赶赴香港参加苏富比、佳士得等顶级拍卖会,或者,成为圈内名流的座上宾，在他们的私宅里，拍得一支大书法家用过的毛笔或一枚清代玉玺。文人墨宝可一点儿都没有贬值。有了这些宝贝，你就可以在时空中自由穿行了。

*

笔墨纸砚历来都是藏家和爱好者竞相追捧的珍宝。一些帝王选择与它们一同下葬，另一些帝王则为了得到它们而倾其所有。这些宝物也曾是国共两党争夺的对象，如今，台北"故宫博物院"的馆藏之丰，让全中国其他任何一个博物馆都难望其项背。各种拍卖会接踵而至：新加坡君悦大酒店、台北国际会议中心、北京国贸大饭店、上海九龙山马会俱乐部、香港港岛香格里拉大酒店……这家酒店五楼的酒吧，整个夏天都提供野浆果龙舌兰，而那些上好的浆果必是当天下午五点后在太平山上采摘的。

然而，最昂贵的交易往往是私密的。这些交易不会发生在拍卖会上，因为起拍价已经远远超出了常人所能想象的极限。它们通常在藏家的私宅中进行，由专业的机构举办，比间谍组织还要隐秘，受邀的幸运儿会提前接到信件或电话通知。在很长一段时间里，最大的买家都是来自

第三章 >>>

香港，但内地买家逐渐开始后来居上。市场也会跟着大藏家的需求走。刘丹在五星酒店顶层的套房中约见了众多卖家中的一个。后来，房东向我解释了交易的过程，但我估计他并没有透露所有的细节。刘丹购买了一锭清墨。古墨的质量比新墨的质量上乘许多，刘丹的画便是用几个世纪前的墨作成的。他决定买这锭墨时，并没有看价钱。寸金"能"买寸光阴——对于古代艺术的爱好者而言，这是一个尽人皆知的奇迹。而几百年前的古墨竟被赋予第二次生命，这就更加可遇而不可求了。

*

文房四宝既脆弱又结实。脆弱如笔和纸，被光阴蹂躏，难以保存；结实如墨和砚，能够抵御时光的侵蚀，流传千古。正如筷子是文明与烹饪艺术的象征一样，毛笔是手的延伸，持笔者不再是野蛮人，而成为文明人。笔头可用兔毛，亦可用白羊毛、山羊须、马鬃毛、鹿毛、麝毛，还可用黄鼠狼尾毛、鼬毛、虎毛、狼尾毛、狐毛、狸毛、猩猩毛、雉毛、鸭毛、鸡毛、鹅毛、猪毛、胎毛，甚至是草毫。制作笔管的材料更加丰富：竹、木、漆、瓷、象牙、玉。毛笔的原型可追溯至两千年前，西周时期，毛笔才开始用于书写。在此之前，人们常用毛笔画奇怪的几何图案，比如集美博物馆所藏古瓷器上的人形。从周朝开始，书写和毛笔的历史就像一幅画卷一样展开：从竹简、丝绸，再到纸，载体在变迁，笔法亦在变迁。毛笔成了书写的象征；有了毛笔，书写就成了持笔者最直接而忠诚的感情表达方式。毛笔如心电图一般，回应着写作者最轻微的颤动，在纸上游走。在充满条条框框的社会中，毛笔成了人们冲破束缚、寻获自由的魔杖。是的，你可以是一个勤勉的官员，尽职尽责，兢兢业业。但同时，你也可以泼墨挥毫，尽情表达你心中的疑惑、希望和冲动。

书写与政治自古关系密切，正因为此，技艺高超的笔工总是能名传天下。唐代古宣州诸葛氏就是一例，诸葛氏所制宣笔是中国四大名笔之一。还有历史悠久的湖笔。自元代宣笔衰落后，湖笔取而代之，风行于元、明、清三代，被奉为朝廷贡品。湖笔因最早产于湖州善琏镇而得名，善琏因盛产湖笔，在历史上享有"笔都"的美称。湖笔多用白羊毫，尖、齐、圆、健，柔软、有力，笔管则由余杭文山上的竹子制成。笔尖越软，毛笔便越难掌控，对书写者的要求也越高。对于达官贵人而言，千金易得，好笔难求。毛笔成了书法家肩膀和手腕的自然延伸，心头所思顺着笔尖流出，汇聚成墨。苏东坡在《宝绘堂记》中写

第三章

道："凡物之可喜，足以悦人而不足以移人者，莫若书与画。然至其留意而不释，则其祸有不可胜言者。钟繇至以此呕血发冢，宋孝武、王僧虔至以此相忌，桓玄之走舸，王涯之复壁，皆以儿戏害其国凶其身。"宜书宜画的毛笔，能让人疯狂，引人嫉妒，叫人贪婪。在书画面前，智者苏东坡悦而不移："譬之烟云之过眼，百鸟之感耳，岂不欣然接之，然去而不复念也。于是乎二物者常为吾乐而不能为吾病。"

毛笔就像乐器，若不勤练，终难掌握。侧、勒、努、趯、策、掠、啄、磔：永字八法，须每日练习。保持沉静，集中精力。虚无恬淡，不刻意而高。

墨是文房四宝之二。殷商时代的甲骨文，就有用石墨、朱砂书写的。在书法艺术诞生初期，人们用墨在陶器上作画。早在秦统一中国前一千年，就有墨绘的龟壳和羊肩胛骨被用于占卜。墨被刻在竹片、木片上，印在丝绸上，甚至文在皮肤上。用于书写的墨还未出现，就已经无处不在了。汉代纸料发明后，用石墨作书已感不适，一种以漆烟和松煤为之的丸状墨产生了，这便是日后用墨之滥觞。《汉官仪》中有"尚书令、仆、丞、郎，月赐隃糜大墨一枚，小墨一枚"的记载。隃糜在今陕西省千阳县，靠近终南山，其山右松甚多，用来烧制成墨的烟料，极为有名。后世制墨者,用"古隃糜"作墨名,以表示其所制之墨,历史悠久,墨质精良。"古隃糜"成了文人墨客的书房必备。为了得到上品,帝王将相细心监管着墨的制作。松林被视为珍宝,老松变成了一根根珍贵的墨条,辗转于文人之间,不知经历了多少交易,多少承诺,多少背叛。墨条上压制或雕刻出来的图案文字极尽精美,其中不乏大师之作。明代四大制墨名家之一的邵格之,将浪和天空镌于墨上,今有其所制"文玩""世宝""蟠螭"等墨传世。清代名家曹素功的制墨主要有"笔花""天琛""天瑞""非香""大国香"等名墨,做工考究,名闻天下。清代乾隆时制墨名手胡开文所制"地球墨",就是徽墨中的艺术珍品。墨的表面绘有世界地图,两面有清晰的经纬线。世界七大洲、四大洋、各国国界、首都、国名在墨面上都清晰可见。这些引人趋之若鹜的物品被藏在极其珍贵的宝盒里,但宝盒的价值远比不上所藏之物的一分一毫。中国文人的藏墨之好由来已久,明代嘉靖年间的王仲山和明末休宁制墨家吴叔大,都是这一潮流的引领者。人们惊奇地发现,文人墨客竟成就了如此多的宝物。中国人对书画艺术的痴迷,就是中国艺术史的最佳注解吧。

交易一结束,刘丹便来与我们会合。"今天的墨质量不佳。上好的墨,晶体会勾住或反射光线。"一百年、两

第三章

百年甚至三百年前的古墨，难道不正是从未过去的时光的遗迹吗？好墨须好砚，好砚须好石。如此，石头便成了文人的宝贝。

*

M. 到了。她给了父亲一个拥抱，跟刘丹打了招呼，然后用她温柔而坚定的黑眸子看了我一眼。我忙站起来给她让座。房东心里很清楚，我喜欢她的女儿。他似乎并不认为这有何不妥。我甚至暗自揣测，他让我来，或许就是为了他的女儿？这当然是臆测，不过，在我的新生活里，偶然都是必然。

第四章

上海是一座由光线和高架桥编织而成的城市。我的房间在一幢高楼的五十二层,一面墙是落地窗。此刻,M.正靠在窗玻璃上。在她身后,满城的霓虹灯在夜空中熠熠生辉。她摆弄着控制照明、电视和音响的遥控器,房间里一会儿响起莫扎特,一会儿又响起中国摇滚。她赤着脚,踮着脚尖,在厚厚的地毯上无声地踱着步子。她把遥控器扔到宽大的床上,向我走来。我坐在帆布扶手椅上,抿了一口杯中的格兰杰二十五年陈酿。它的后段风味令人沉醉,巧克力味和咖啡的香气让人回味无穷。我享受地闭上眼睛。

第四章

"你到的那天晚上,我来过。门开着,你在睡觉。我把这块石头放在了你身边。"M. 小心翼翼地拾起床头柜上的石头。和她父亲一样,M. 也是一位赏石专家。除此之外,她还拥有美丽。从发式、穿着,到一顾一盼、一颦一笑,她浑身上下都透着中国式的美。我抚摸着她光滑的脊背,心想她一定是有史以来最美的中国女子。

她凝视的那块石头是明代的。此石曾为日本知名律师佐藤观石先生购得,形如镂空的云朵。这是一块灵璧,明朝大文人米万钟在石上留下的铭刻更增添了它的价值。我站起身,走到落地窗边。何不纵身一跃,沉入虚空?这个念头让我入迷。何不在化为云一般的石之前,就飞入苍穹,投进天空的怀抱?石头终于穿过边界,走出了我的梦境。

*

佐藤观石的"锁云"一直放在她裸露的大腿上。M. 跟我谈起石头,她说,文房四宝中,石砚是唯一经得起岁月磨砺和重复使用的。她很清楚我在研究什么。她把我当成

>>> 石头新记

学生，向我耐心讲解。迄今为止，历史最悠久的砚为陕西临潼县姜寨遗址中出土的一方石砚。五千年前，人们曾在这块底部微凹的石头上研磨颜料。磨墨时，须先在砚池里放少量清水，手执墨锭，重按慢磨，直到获得想要的浓度。而后，毛笔入砚蘸墨。在书写者耐心的动作下，墨与水交融、相聚、合一。砚池中，这交融显得如此诱人，如此隐秘，如此缄默。黑上的黑。

与砚相对的便是纸。白与黑，形成完美的对比。纸的历史颇为悠久，到了清代，以安徽宣城而得名的宣纸开始盛行。终于有了一种几近纯白的纸，结实、经济、耐用，深受皇帝青睐，成为道光皇帝的贡品。石与纸，我们的两个爱人。在我的新生活中，刘丹是石，M. 是纸。

刘丹提议去上海的老城区，欣赏豫园后庭院中的奇石。我其实已经和黎薇一起去过了，但我没说。我和刘丹坐上车，司机戴着白手套。城市的风光在车窗外疾驰而过，不知何时，车已驶上高架桥，悬在越来越密集、越来越高的大厦之间，直伸到黄浦江中。浦东的摩天大楼正对着外滩上1930年代用砖石砌成的银行。我想起黎薇，一片阴影笼罩了我。我能感觉到它，甚至能触摸到它。黎薇，面向落地窗，光线反射着双子塔的轮廓。阴影进入我的身

第四章

体,光线暗了,更暗了。我们沉入时间。

上海的老城区坐落在黄浦江西岸,形如鸡蛋。最初建于宋代,而椭圆的形状可以追溯到16世纪,并保留到了今天。当时,需要保护城区的居民不受日本海盗的侵犯。在蛋壳破碎之后,这枚鸡蛋被现代的上海遗落,日趋衰败,最终倒塌成一片瓦砾。1912年,上海城墙被拆,取而代之的是宽阔的大道。我们从其中一条大道驶过,在扬起的灰尘中,高架桥仿佛悬浮在云端。建筑工人不停地挖掘着上海潮湿的土地,种下更多摩天大楼。终有一天,地面会不堪重荷而塌陷。和刘丹一起坐在别克车里,我思忖着,上海会不会成为下一个亚特兰蒂斯。两千年后,人们会半信半疑地提起这个传说。只有一群固执而疯癫的研究者,会在历史残留下来的只言片语中,寻找"古上海"文明存在过的证据。传说便是从一个个离奇的故事开始的,就像我透过车窗看到的一切。深色的贴膜外,无处不在的工地扬起灰尘。

车如幽灵船一般,在老城狭窄的街道上悄无声息地前行。刘丹目不斜视,一言不发。他点燃一支烟,气味被空调吹出的风吹散。我感觉此刻的他只对升起的烟雾感兴趣。他说,正是在观察蜡烛火苗时,他有了一种视觉上的

>>> 石头新记

启示。

"我画国画,特别是山水,因为唯有山水画可达到中国画的至臻境界。但20世纪90年代初,在偶然观察到燃烧的蜡烛时,我才明白山水可以画成什么样。"

"我没听明白。"

"山水画不仅仅是山与水,火苗也不仅仅是火苗。这火苗既是火焰本身,有着其物理性状,比如你靠得太近就会被烧伤,它甚至能灼伤你的眼睛,让你失明。但它同时又是光的现象,不同于其物理性状。"

旅行团将景区围得水泄不通。我随身带着一本厚书,作者是一个奇怪的法国人,现在在北京当外交官。我在书中读到,上海老城的旅游业始于1872年,当年,托马斯·库克组织了人类历史上第一次团体环球旅行。我喜欢这个细节。而刘丹好像什么都没有注意到。他又点燃了一支烟,盯着打火机的火苗足足有两三秒钟。

"我偶然观察到,燃烧的蜡烛不仅仅是火焰,而是光的现象,是跳跃的火苗投射下来的多种模式与多面图像。我意识到,自己找到了为中国山水画发展做出贡献的独特方式:将传统山水画的宏观视角转化到微观层面。"

第四章

"我看到的第一幅您的作品,是一本失重的书。当时,我清楚地感觉到自己被投掷进了那片移动的风景中。这风景由每一页上的汉字组成,就像采石场上一层一层的岩石一般。那种感觉,就仿佛是石头自己邀请我进入它们的时空。"

"谁带你去看的?"

"黎薇。"

我们走下车。天很阴,雾蒙蒙的。一个赶时间的游客匆匆跑过,差点把我撞倒。游客总是想最大限度地利用时间,在这群人中,有一种天真的野蛮。城市中,他们的武器不是长矛与鼓,而是数码相机和旅游鞋。

我和刘丹在人缝中穿行。熙熙攘攘的人群挡住了街边的景物,我估计是重修的老房子。绕过鳞次栉比的纪念品商店,总算进入一条安静的小路。这里有一所学校,高高的栅栏后面,穿着校服的孩子们在院子里玩耍。今天是周日,文庙大成殿的石板上摆满了旧书商的宝贝。我想弯下腰去看,但力不从心。一阵恶心涌上来,我感觉双脚发麻,呼吸困难。恍惚中,我竟看到红色的树。实际上,殿前的这些树并非红色,而是挂满了祈福的红丝带。学子从四方赶来,在这祭祀孔子的庙中求好运,杰出的师者孔

>>> 石头新记

子,是学生的保护神。我们穿过的几座建筑都不失精巧,却过于雕琢。我找不到和北京一样的感觉,找不到真正摇摇欲坠的老房子。在这里,一切都太整洁,太光鲜,仿佛前一天或当天早晨才粉刷一新。我们走进另一间大殿,过道周围一圈摆满了石头,极其壮观。它们安静地伫立着,充满耐心,缄默不语。

*

石头是刘丹绘画的主题。和他之前的很多画家一样,即使在花卉图和山水长卷中,石头仍是主角。刘丹一面在石间踱步,一面对我说,山水画讲究取势,充满气韵,以运动的方式生成、转换,直到最终完工。此刻,你们读到的文字本身也在不断结合、移动、变化,生生不息。《道德经》中的"一生二,二生三,三生万物"便是中国国画的章法之道,充分展现了山水画乃至中国传统思想的生成性。安置在底座上的石头看起来结实而坚硬,仿佛固定不动。但是,看哪!它正在缓缓移动,石浪正在时间中汹涌。中国画中的山水并不是静态的;大地、宇宙,一切都在宏大的变化中。常人看不见,因为这变化太慢,或太快。

第四章

我体力不支,想坐下休息片刻。穿着海蓝制服的保安递给我一张帆布小凳子,问我要不要喝口热水。我没有拒绝。刘丹并不在意我的疲惫。他从不把别人的脆弱考虑在内,而我就喜欢他这一点。小殿里只有我们两个人。旧书爱好者都挤在大殿里淘宝,学生则忙着在树枝上系红丝带,但没有人来这里。水池中的三条鲤鱼,一条红色,两条棕色,正和池中央石头的倒影玩得不亦乐乎。

"中国艺术的根源在于动,在于变化。饕餮、云、青铜器上的闪电,都将观赏者带离静止的状态。中文里有混沌一说,指的是最初的、原始的混乱。老子和庄子对混沌都有论述,从这混沌中生发的混乱和秩序,本身就是混乱和秩序的一种形式。你明白了吗?"

我想起黎薇,终于开始明白她为何被石头吸引。每一块石头都是独特的,就像对同一首乐曲的不同诠释。我回忆起在布列塔尼海岸边度过的假期。我们当时租了一间极小的房子,门很矮,只有弯腰才能通过。黎薇刚刚结束一次极为成功的全球巡演,好评如潮。她是那么美,娇小的身材罩在略显宽大的毛衣里。这简直是梦中的生活。我们脚下的岛屿不比中国画里的石头大多少,岛上的风让我们发狂。此刻,我又看到了黎薇。她的发丝被风吹起,挡住了眼睛。她放声笑着,洁白的牙齿就像一颗颗带着咸味儿的小珍珠。那是她皮肤的味道。我记得这味道,黎薇。石头的味道。

"山水画中,唯有石头一节,即古人所谓山精湖骨,能担起干细胞的作用。一切都起源于它们不容置疑的存在。清代的王原祁与龚贤差不多都意识到了山石在重构第二自然中的重要地位,然而终究不能摆脱宏观意识的羁绊。我要建立的或也可以说要复活的,是一种内结构中的根本关系:观者看到的不再是天底下的山,而是石这个干细胞。我想要重建的,是中国风景画中的基本要素。看,你面前的这些石头,就是基本要素,是语法。"

我面前的石头均置于珍贵木材所制的镂空底座上。它们皆是我的副本:我是它们,它们是我。我站起身,在殿里转了一圈。其中一块石上有洞,观者可以透过它,看到另一边。我正穿过这膨胀的空间。在我的记忆中,那是一个周日的早晨。那个空间,就在这里,在上海,在地球上确切的一面。是谁把我一路带到了这里?石头?刘丹?黎薇?M.?我迷失在石头的孔洞中。这块石头看上去如此生硬,几近黑色。我的眼神穿过它隐秘的锁眼。这块沉重的

第四章

巨石飘浮起来，幻化成一朵云，一片天，一只鸟。

刘丹常常会描绘一块石头的多个面，以展示鉴赏供石的过程。这类似于"不一不异"，"通过绘画石头的多个面，观众可以从不同位置观看同一块石头"。

之后，司机带我们回到住所。上海的夜晚比白天美，外滩宛若一条金色的项链。我们穿行在这条由北向南的弧线上，钻进第一个隧道。

*

她在那儿，就在那儿。M. 一袭黑衣，穿着很简单。她用丝巾遮住头发，仿佛不想被人看见。她从事的职业要求她低调行事。她坐在浦江饭店的咖啡吧里喝果汁，桌上放着一本书。她让我在这里和她见面。她看着我读这本书的标题。是本中文书，我认出了封面上"石"字。其实，我从未感到疲惫。放松的身体随时都可以一冲而出，宁愿冒着颞叶间阻断物断裂的风险。没有什么好害怕的。黎薇走后，我深信死亡已经潜入我大脑的皱褶。为什么是她，而不是我？她是否感觉到石头正在她身上形成，沿着血管小心翼翼地移动？她是否感觉到了正在凝固的血液越变越黏稠的节奏？

M. 直视着我，眼神坚决而无所畏惧。她有点被逗乐了，又像是充满爱意，黑色的双眸真诚地注视着我。四目相对的几秒钟，我们之间的空间缩小了，消失了。我终于真正认识了她，这一刹那就已足够。为什么等更久？她站起身，把书收进包里，对我说："来吧。"午夜，她靠在落地窗上。在她身后，深沉的夜抚慰着上海城。上海，像一块满是孔洞的石头，圆润、空心。它颤抖着，变幻着，像晶体一样发出虹彩，捕捉着光线。

第二天早晨，M. 还在睡，她让我不要叫醒她。M. 不喜欢别人打扰她的睡眠。她很少在下午四点或五点前约见别人，收藏家了解她，并尊重她的习惯。作为商人，她会阐明要求，规定谈判的规则。昨夜是我们共度的第一个夜晚，但这并不是打乱她节奏的理由。

为了方便做国际交易，M. 取了一个英文名。既然外国人无法准确地叫出她的中文名，还不如改一个名字。但她的英文名让我感觉很陌生，我还是喜欢叫她M.。M.，只有一个字母，这么简单，在法语中这么美。她才气超然，正

第四章

如她父亲一样。她一定受到了上天的眷顾，但同时也面临着拿着大笔美元和现代艺术品的魔鬼的威胁。这种与恶的临近，这种隐蔽感，正是她身上让我喜欢的地方。卢克莱修并未走远，实际上，《物性论》就躺在我打开的行李箱里。它盯着我们，以此为乐：这是我在杭州认识的那位美国朋友赠给我的送别礼物。我又想起刘丹从文庙出来时说的话："追求独特性的艺术家有义务为他探索的问题创造答案"，以及"我选择绘画主题的最重要标准，是它是否为我带来了不确定性的元素。艺术的一个重要功能，就是让人将生活中的确定性抛在脑后，进入不确定性的状态。我一直在寻找变化无常的事物的各个状态，换而言之，我寻找的是变化的图像背后所隐藏的某种'模式'。无论画面的题材是花朵、石头还是山水"。M. 成了我的不确定因素。她让我失去平衡，却不失节奏。石头的音乐，有着它自己的节拍。

*

我们在外滩散步时，太阳还没有完全升起。她有时起得很早，就是这样，我陪着她。除了三三两两打太极拳的晨练者，外滩几乎空无一人。黄浦江边微凉的清晨里，日光将晨练者映成一个个剪影。我们走得很慢。M. 富有光泽的长发就像一幅书法,光斑沉淀在墨上。在中国第一部按部首编排的字典《说文解字》中,许慎尝试了"正字",即如孔子主张的那样,为词语找出准确的定义:墨,从土,黑也。墨由煤烟所成,常用于制造黑烟的原料包括:松材、桶油、菜籽油、麻油、棉籽油、猪油。然后加入有机胶,再添加鸡蛋白、鱼皮胶、羊脂作为黏合剂。上乘好墨的所有秘诀皆在于香料,从麝香到珍珠粉,不一而足。墨坯的揉制极为重要。她倚在栏杆上,向我娓娓讲述着制墨的要诀。船从我们眼前开过,就像江上的一个个连字符。一艘锈迹斑斑的大驳船鸣响三声汽笛,古老哨岗上的钟声随机响起,仿佛与之唱和。我突然意识到,来中国后,我就再也没有听到过教堂的圣钟声,这让我很是怀念。我想去意大利,那个我和黎薇都如此喜爱的地方。M. 好像听到了我的心声:

"我一周后要去意大利完成一个买卖,你可以跟我一起去。"

我知道她经常出差,但这个突如其来的邀请还是让我吃了一惊。

"意大利?"

"对,去罗马。那些藏家的要求很高,他们想对刘丹有更多的了解。你可以帮我,你是唯一经常与他交谈的人。你比我更了解他。"

我觉得自己并没有准备好去参加这个艺术商的交易盛会,但跟她一起去意大利的想法加速了血液的流动,清理了我阻塞的头脑,让我仿佛一下子成了晨练者中的一位,内心获得了完美的平衡。我没有回答,但充满自信地注视着远处的东方明珠塔和震旦大厦。世界正在打开。

*

M. 经常去意大利,她是佛罗伦萨硬石博物馆的常客。她对那些"石痴"特别感兴趣,他们痴迷于石头,不管石头是完整的还是破碎的。她认为刘丹就是一位石痴,但我对此倒不是那么确定。刘丹不会执迷于任何事物。他很有理性,若没有这一点,他就不可能走这么远。

当M. 不在意大利、美国、新加坡或中国香港的时候,她就在上海。她跟我说,她喜欢这座城市。南京路上,硕大的灯光招牌在街边闪烁。我们一路走到上海博物馆,日光中,它就像一尊巨大的三脚石鼎,放在青翠的草地中间。九点钟,博物馆开门了。我们决定进去逛一逛。

光线以特殊的方式穿过她的头发,却很难穿透,就像某种矿石。无法将视线从她的黑发上移开。博物馆进口处守着两尊大狮子,比亚洲协会门前的石狮威严多了。我们直奔绘画馆和书法馆,向一路上经过的青铜器致意。它们被陈列在光线昏暗的大展厅里,就像发出黑色光线的砾岩。上了扶梯,就是绘画馆。她指给我刻着文字的龟甲。现存的汉字以甲骨文字为最早,而甲骨文的本义就是刻在龟甲及兽骨上的古文字,起先用于占卜记事,之后马上有了政治用途。从青铜器铭文,到竹简,再到宣纸——渐渐有了书法。M.给我讲了书圣王羲之的故事。王羲之所作《兰亭集序》被奉为经典,历来有"行书第一"之称。他开创了新的笔法,带有明显的个人风格。这幅杰作的诞生与我们远隔17个世纪,真迹成为唐朝帝王的陪葬品,永远地消失了。经过无数次的临摹、效仿、复制、查考,这些文字依然有力地震动着。刘丹曾在集美博物馆展览期间,近乎完美地临摹了《兰亭集序》。当时M.也在场,她说,那是"一场卓越而低调的展览,正合刘丹的口味"。我向她讨教书法与赏石艺术之间的关系。她回答说,石头是带走一小块宇宙的方式,就如同书法是和解人与动作的创作行为。我追问道,为什么中国文人、书法家和画家对石头

第四章

怀有这般热情。她说,这是因为他们一直生活在社会的束缚中,而实际上所有社会都是狭隘而充满局限的。是书法让他们保持自我,是石头让他们不至丢失与时间的联系。我认真听着。经过郑板桥的八米长卷《兰竹图》时,她无比确信地对我说:"看,这就是石笔合一。"她接着说,"想象一下,风穿过时,竹动而石静。"我握住她抬起的手,她没有说话。她聪明、美丽,不仅用眼睛观看,更用眼睛感受、品尝、触摸、倾听。要想真正欣赏古典中国绘画,就必须将五官全部唤醒。

*

在去意大利之前,我需要回北京办一些手续。刘丹也回来了。几天的停留之后,上海最终让人厌倦了。上海的一切都是透明的,我总是遇到熟人。我更喜欢北京,就因为这座城市能让我彻底消失。离开之前,M. 和我步行去文庙观赏石头。我们还去了敬一堂,这是上海最古老的一座教堂,由耶稣会传教士潘国光在徐光启孙女的帮助下建于明崇祯十三年。受利玛窦影响,徐光启成了中国第一位改信天主教的人。这座教堂看起来像是一座中国寺庙,但它却是为上帝而建。M. 信仰天主教。她是在美国改信的吗？我想了解更多，但她什么也没说。她轻轻握住我的手。我猜想，她的信仰也是她经常去意大利的原因之一。

"我还告诉你，你是彼得（石头）①，我要把我的教会建造在这磐石上。阴间的权柄，不能胜过他。"（《马太福音》XVI，18）。她会是耶稣会士吗？这是玩笑话，但一切皆有可能。

*

我们终于回到了北京。红叶在我的房间里放上了红玫瑰和白玫瑰，整个屋子都香气袭人。我感到精力充沛，朝气蓬勃。从今天开始，我将以刘丹的节奏度过之后的几个夜晚。那是石与墨的节奏。在他安静的公寓里，就像以光速发射进时空的宇宙飞船。

深夜，M. 在厨房找到了我。"你从来都没有想过回纽约吗？"她穿着睡衣，打开一罐苏打水，抬起膝盖，倚在冰箱门上。她热爱生气勃勃的纽约：曼哈顿、哈林区、中国城、小意大利、肉库区。有一部小说以肉库区命名。

---

① 在法语中，"彼得"（Pierre）与"石头"为同一个词。

第四章

故事发生在20世纪初,当时,该区遍布大小屠宰场和肉类加工厂,向整个纽约城供应成吨带血的鲜肉。如今,肉库区已成为纽约时尚新地标。年轻人从上周四晚上就开始在夜店门口排队,文艺青年不惜花一大笔钱搬进老纽约的城市公寓。我想跟M.说,在她身边,我感觉自己已经老了,因为我一生的挚爱已经逝去。但我没有开口。最终,悲伤都带了一丝可笑。"像石头一样不幸"是一句法语熟语,用来形容"悲痛欲绝"。但我讨厌这些现成的词汇。正相反,石头洋溢着喜悦。即便是用作墓石的花岗岩和崩颓的峭壁上的石灰岩,也都透着幸福和生机。

庭院里,红叶正在扫地。房东不在家,听M.说,他去了欧洲,计划在威尼斯购置一座宫殿。扫帚在石板上摩挲,整座房子都响起沙沙声。约五米高的太湖石伫立在庭院正中,一块黑色的光斑挡住了我的视线。我和石头之间隔着空气,空气中悬浮着尘埃。M.继续说着话。我看到她嘴唇一张一合,但什么也听不到。院子那边,有一条深色的木凳。

之后,尘埃落定,光斑的强度减弱了。我的耳畔又响起M.的声音,太湖石的高大剪影又回到我的视野中。一只狗轻巧地穿过空旷的庭院。它明显有着确切的目的,因为它眯起双眼,正聚精会神地看着前方。

"我太喜欢纽约了。下一次,你可以和我一起去。我们可以去上东城吃晚餐。我知道一家很不错的法国餐厅,是一位法国大厨的女儿开的。"

我说,我的双脚大概再也不会踏上纽约的土地了。她看着我,好像没听懂我的话,然后站起身离开了。三秒钟后,整座宅子都响起嘈杂的流行摇滚,显得那么格格不入。摇滚乐流淌在唐代的小雕像上,宋元的绘画上,明代的家具上,清朝的书法上,秦代的石碑拓本上。音乐滑过它们,却不能触及或改变它们。摇滚乐并不合我的口味,但此刻却叫我欢喜。

动作在我身上流转,和在石头里转得一样慢。我能感觉到它。它有力、厚重、强烈,迂回前进,游走在时间的确定性中。时间缠缠绕绕,因沉淀而历久弥新。回首过往,我发了一条短信:"刘丹您好,我今晚可以过去吗?"几秒钟后,我收到了见面的时间,后面用中文写着地址。寥寥数语,却足以让我找到他。

周五晚上的北京,交通很不顺畅。环线上,喇叭声此起彼伏,车头连车尾,堵得水泄不通。车里的人好像无所

第四章

谓。他们很清楚,耐心是唯一的办法。我观察着这慢镜头下的城市,东直门的高楼大厦沉浸在暗绿色的光线中,就像一个巨大的开关,等谁来按动。末日,降临吧。他们已经准备好了:刘丹、石头,还有高楼顶上天线后面的一轮红月。高速公路上,出租车像游戏里的弹子球一样,沿着弯道滑行。在上海流传着一个龙柱的传说。据说上海的地下有一条龙,20世纪90年代建高速公路时,一根桩正好打在了龙背上,结果连续打断了七根柱子,也打不准位置。于是建筑师在巨大的圆柱周围包裹了白钢,并饰以黄铜锻造的祥龙腾云图案。后来的施工果然无比顺利,然而,由于道破天机,提出此法的真禅法师在数日后无疾而圆寂。此刻,刘丹正在他的公寓里等我。他一定在听音乐(巴赫,还是莫扎特?),或是聚精会神地读一本关于安格尔的书。我们的脚下,还有多少条巨龙在沉睡?

*

在这个被人类驯化的世界里,此刻正是下班高峰。人们被困在车流里,动弹不得。

司机试着跟我聊天,我却假装什么也听不懂。实际上,我的中文已经长进不少。他瞟了我一眼,咕哝说:

"老外。"是啊，但我比他差不了多少。他在自己的国家也是"老外"，失去了他的根，他的文化，就像这辆车一样，在城市里流浪，茫然寻找下一位乘客。出租车在围着蓝色栅栏的高速上前行，路没有尽头，孤独也没有尽头。

*

舞台上，黎薇静静等候着。她的眼睛，闪烁着蓝黑色的光芒。音乐之于她，正如石头之于刘丹。每一首曲子都是一张挚爱的面孔，在空中浮现，直到最后一声回响消失在远方。她举办过几次露天音乐会。我记得那天夜晚，暴雨将至，风越来越大。塑料椅上，观众开始坐不住了。聚光灯下，只有黎薇一人。她身着一袭浅色的丝绸长裙，除了小提琴之外，身旁别无他物。她与狂风抗争着，风声盖过了乐声，就像水浇灭火焰。我既气恼，又担心，不知她何时才会认输。然而她没有。她继续演奏，越来越投入。我仿佛又看到她半闭双眼，任凭发带中掉出的几缕头发像野草一样在风中飞扬。长裙紧贴着她的身体，雕塑家一般勾勒出她身上的每一根线条。她忘情地演奏着，而就在那一刻，她赢了：巴赫的帕蒂塔占满了空间，明朗，无际，盖过了风声，战胜了暴雨。聚光灯颤抖着，不知是因为狂

第四章

风,还是因为琴弦。黎薇的右臂仿佛悬在空中,轻盈、有力、精确。飞速舞动的琴弓下,一个个饱满的音符喷薄而出,那么自由,那么快乐,那么悲伤,就像抛向虚空的石头一样,冲向狂风,冲向时空,冲向生命和死亡。我看到了她,听到了她,感觉到了她。我泪流满面,像生病的老人一样使劲吸鼻子。出租车在冷清而漆黑的路上加速行驶,刘丹就在路的尽头等着我。我看见了黎薇,她也看见了我。我们的重逢,就好像那一夜风暴中不灭的尘埃,兜兜转转,直到中国。很久以后,当我也化为一抔黄土,那些尘埃将汇聚成一块纯净而轻盈的顽石。公元5000年的刘丹会把它置于案头,在它身上品读音乐、爱、暴风雨,以及暴风雨中的反抗。

*

在城市更深处,红白相间的霓虹灯光洒在满是灰尘的人行道上。年轻人三三两两地从灯火通明的餐馆里走出来,另一些人则在睡梦中等待天明。马路两旁,高楼里的灯光渐次熄灭。人们蜷缩在一起,互相取暖。地球的另一面,此刻正是清晨。若在纽约,我应该是在去亚洲协会的路上。彼时与此时,再也没有距离。今天是满月。出租车继续孤独前行，驶向刘丹。刘丹在夜里生活，他最活跃的时间是下午三点到早上六点。他没有在等我，并没有。他并不等待任何人。刘丹是绝对的隐遁者，即使他的路与别人的路相交，他也仍是一个人，因为孤独是唯一让人有所发现的状态。那些被宠坏的小皇帝们，他们真的有机会理解孤独吗？这些中国大城市新中产阶级的傲慢后代，明天将掌管一个超级大国，而任何一点动静都会移山倒海，就像开天辟地的盘古一样。盘古在原始的混沌中诞生，酣睡一万八千年后，终于用一把利斧破开天地。

　　我不想红着眼睛去见刘丹，于是让司机带我在城里转一圈。我们沿着四环前行，司机看着前路，仿佛在等待一件不同寻常的事情发生。下班高峰已过，交通恢复了通畅。窗外，鸟巢一晃而过，这座现代的建筑已显得跟不上时代的步伐。出租车钻进车流中，越过一辆锈迹斑斑、装着牲口的卡车，继续前行。空气让我的嗓子发痒，我还是降下车窗，伸头仰望北京天空中唯一的星星：白羊座金星。金星是一颗类地行星，有近似圆形的轨道，一些天体物理学家认为人类几乎可以在上面居住。唯一值得注意的差别是，它逆向自转，与太阳系的其他行星相反。金星，是地球的一面反向旋转的镜子。星期五是金星日。在中国，如果你想找到自己的方向，最好会看星星。找一个夜晚，抬头看一看金

第四章

星，不管你身在何方，它永远离太阳不远。

一小时后，车停在一扇大门前。门卫是个年轻人，裹着厚厚的深蓝色大衣，戴着大皮毛帽。他身后，三十层的高楼投下巨大的阴影，人工湖里的水被抽干了。小区里有一条蜿蜒的小径，两边有石椅，供人休憩。你觉得这既丑陋又造作？是的，但你不会去看。这里一切都好，你置身于你在姑苏的微型花园，远处飞过一只白鹭。路上的每一块石头都会让你改变方向，将你引向位置上的错误，但哲学上的真理。虽然石头冰凉，你还是喜欢在石椅上小憩片刻。你在心里默念今天早些时候写的诗："湖里的水干了，冬天以这种方式惩罚天鹅的恶意。"你不再属于你自己，你终于成了另一个人。

司机弄错了小区，这不是第一次了。保安告诉我们，还要沿着四环走二十分钟，下一个小区就是，门口的霓虹灯映着"光明"两个大字。我身上带着一块M.送给我的石头，她说这块石头来自新疆。它很小，深红色，我把它放在外套口袋里，这样就能随时有它的陪伴。这块石头或许没有什么价值，它还没有一颗核桃大，上面有一道不那么明显的裂痕，还有像火山岛一样的凸起。它就是我的岛屿。车上，我把石头从口袋里拿出来，放在手心把玩。我们下了四环,路灯下,石头成了一块小小的阴影。我握着它,把手缩进口袋,还能感觉到它浑圆的轮廓和奇怪的鼓起。就像与爱人紧紧偎依,充满渴望。

快晚上11点了。我不声不响地去刘丹家,就仿佛他带着神秘光环的生活,让我的生活褪色。很多人还在纳闷,他究竟是怎样创造出如此强大的作品,就像他画的石头,画上的书法用毛笔写就,下笔却如激光一般精确。刘丹的石头悬在空间中,缓慢旋转。石头仍是石头,它们的物理属性并没有被消除,却既静止又运动,既沉重又轻盈。

17世纪的文人墨客莫不钟情于石。明末文人米万钟爱石成癖,时称"友石先生"。他藏有大量奇石,其中有一块名为"非非石"的灵璧,曾经闻名一时。此石已失传,但吴彬的《十面灵璧图》却流传至今。吴彬采用写实的手法,从十个角度对非非石做了全面的描画。几个世纪后,刘丹从十二个角度着手,带观者领略石头中不可思议的变化。米万钟自称是米芾后裔,究竟是真是假,还有待考证。然而,他的确是米芾精神上的继承者。他是明末中国北方最著名的藏石家,《聊斋志异》的作者蒲松龄从这个古怪的石痴身上获得灵感,写下了《石清虚》的故事。"邢云飞,顺天人。好石,见佳石,不惜重直。"一位好

第四章

石者不惜一切代价想要拥有一块石头,虽然他竭尽全力,甚至"以石殉",最终还是落得"贼发墓,劫石去"。不管他怎么做,石头总是被掠走。结束这一切的唯一办法:"石忽堕地,碎为数十余片"。它终于消失了,连同不可能实现的占有欲。成为石头的主人?那只是痴人说梦。画石的刘丹,就像画路易丝的安格尔。米万钟在这块石头上刻了几个字,M.在上海把它卖给了一位匿名的藏家。

*

楼道沉浸在黑暗中。我没有立即上楼,而是在楼下的一张石椅上坐下,任凭思绪神游。又名《冲虚真经》的《列子》中有这样一段:"外游者,求备于物;内观者,取足于身。取足于身,游之至也;求备于物,游之不至也。"列子,这位或许并不存在的道家圣人,一定会喜欢这个地方。楼宇之上,刘丹日夜观察着最细微的动作,无论是石、画,还是人心。这个高楼林立的院子并非富人区,氯化消毒过的水池里游着四五只肥大的鲤鱼,推土机挖的洞里栽着一排排柳树。然而,我却喜欢这一切。我喜欢这里的孤独,尽管高楼上的光线不断点亮又熄灭,就像世界上其他大城市一样。

>>> 石头新记

第五章

奔腾六千余公里的长江在下游水势平缓，最终注入东海。长江流经的最后一个省份是江苏，南京是长江最后流经的城市之一。对于中国艺术史和古今藏家而言，南京是一颗跳动的心脏。刘丹也是南京人。

在父亲的鼓励下，刘丹很早便醉心于绘画。少年时期正值"文革"，他依旧笔耕不辍。1970年代末，刘丹进入江苏省国画院求学。他的身边逐渐聚集了一群密友，他们正当青春，正经历爱情和新时代的考验。这一群年轻人发现，中国艺术的历史并没有被抹去，而"传统艺术"才是真正的先锋：大尺寸、险峻的峭壁，还有宋代光辉灿烂的抽象时期（以马远的《水图》为代表）。求学期间，刘丹也学习了西方画的技法，包括油画、丙烯画、色彩。法国艺术家柯乃柏对中国现代书法最为重要的贡献，恐怕就是色彩的引入。柯乃柏与刘丹相熟；在中国的头几年，他用学生的毛笔蘸上彩色颜料，中国的艺术史从此迎来了变革：书法突然间亮起来了。在年轻的中国书法家崇拜的目光中，柯乃柏渐渐成为当代书法的大师之一。他将书法介绍给了全世界，连汉斯·哈同都深受书法的影响。就像18世纪吹遍欧洲的中国风一样，柯乃柏帮助书法艺术实现了世界范围的复兴。这场奇遇值得另写一本书。第一章的情节一定发生在盛夏的昂蒂布，就在哈同居所周围茂密的松林中。

20世纪70年代末，中国改革开放，很多人想借此机会到外面的世界看一看。中国人开始远行，这是整个世纪的新鲜事。当然，中国历史上有几位著名的旅行者，比如《西游记》中的玄奘，19世纪和20世纪的知识分子，还有去苏联留学的专家。而中国人真正开始像成群的大雁一样高飞，是在20世纪80年代。他们远赴美国、欧洲，很多人一去不返。另一些则回来了，他们太牵挂祖国，尽管祖国有很多不尽如人意的地方。刘丹也是其中之一。从夏威夷到纽约，在美国生活了多年之后，刘丹于2000年初回到北京。

我后来才知道，我的房东曾赠给他一块地皮，让他建一个工作室。那个地方离市中心不远不近，最终却因为行政手续的原因，没能竣工。刘丹对此颇不在意，搬到了北京后现代中心的一座大公寓里。临窗眺望，刘丹观察到的自然和中国古代诗人眼中的自然并没有什么区别。自古以来，诗人总是能洞察自然中隐藏的变化，就如白居易所写：

> 花非花，雾非雾。
> 夜半来，天明去。
> 来如春梦几多时？
> 去似朝云无觅处。

自然中的情色？不，真相就是如此。悄无声息的院子里，我默诵着这首诗。1300多年前的此刻，白居易正在等待着什么？

*

"喝茶吗？"

刘丹起身去了厨房。我坐在客厅里的长方形大茶几

第五章

前,观察周围的各种摆设。柬埔寨的佛雕、印度的小像,还有挂在墙上的非洲面具。黑石制成的两根佛指,直指天空。明代的柜子上供着一块赏石,颜色很暗,几乎是黑色。玄关处,挂着这块石头的画像。石与石的肖像穿过空间,无声地对话着。刘丹回来了,手捧两盏陶土茶杯,杯中升起浓浓蒸气,茶香扑鼻而来。他又去厨房拿了些山核桃仁,用小酒杯乘着,放在茶几上。

"请慢用。"

他说话简洁、直接,话如其人。他的举止很稳重,好像小心翼翼不让自己的气消散。我们没怎么说话,他没有问我任何个人问题,这正合我意。他可能已经知道了。或许,他并不关心其他人的生活。但他的周围仍聚集着几个美丽而低调的女人,还有一些时间沉淀下来的朋友。他喜静,很少出门。他从石头身上学到,最大的动作看不见,却听得见。

*

石头就像一部宏伟的无声歌剧。窗外,人们放着鞭炮,庆祝龙从深水中腾起。水的表面却无比平静,没有一丝征兆预示着巨大神兽的出现，或危机时代中理想的复兴。刘丹的公寓抵御着外部世界，就像一艘被发射到时间之外的太空船，就像石头本身。他的孤独是绝对的，但他很清楚，要想保持这份孤独，必须置身于喧嚣的中心：比如纽约，比如北京。他不隐于野，他隐于市。刘丹笔下的每一块石头，都是向外部世界筑起的堡垒，而他从堡垒中观察外面的世界。这些石头像河里的岩石一样，人们可以踩着它们到达对岸。刘丹便是这样到了彼岸。他以笔墨起舞，心向往之的追随者可以跟着他走上了这条开放的道路。房东的庭院里，那块五米高的浅灰色巨石在月光下越发美丽。天上的某个地方，黎薇正眼带笑意，用中提琴奏起莫扎特的《圣母颂》，与云彩共舞。

*

夜深了，偶尔传来最后几声爆竹的巨响。小狗在房东的院子里疯跑撒欢，它抬起一只爪子，搁在太湖石上。这块石头甚是壮观，仿佛从天外飞来。小狗眯起眼睛，是在为这大不敬暗自得意吗？月落星稀，天上还残留着一丝云，夜色渐渐退去。故宫走出黑暗。几个世纪中，这座宫殿都是天子在地上的居所。而此刻，它正在迎接天本身。

第五章

世界各地的游客都能进入参观,但还有几十处亭台、寺庙和小殿未曾向世人开放。故宫北端,御花园中的巨石正在收集新一天的阳光。它们已准备好迎接闪光灯的轰炸,就像被苍蝇围住的大象。它们还有两个小时来享受这完全的寂静。天子在御花园散步的情景,恍如昨日。城东的一座公寓里,刘丹点燃了最后一支烟。他身后,大幅宣纸上画着一棵巨型向日葵的背面,还未完工。他追求完美,不喜欢一些画家的随随便便。这些人可能忘记了,八大山人和许多名家的画看起来像是几笔挥洒而成,实际上都是多年苦练的积淀。在毕加索生命最后几年的一次展览上,一个蠢人说,他用几分钟就能画出同样的作品。毕加索回答说:"先生,我花了三十年。"时间。一块文人石要花多长时间,才能达到这种至臻之境?

*

藏石,画石,这在中国古代是很常见的事。今天,公园、小区、大学等公共场所大门口矗立的巨石,便是这个传统留下来的印记。然而,在艺术的世界里,石头已经过时了,只有几个画家还在以它为题。这正好,因为这几人终会变得举足轻重。刘丹重塑了石头,还它们以轻盈感,

>>> 石头新记

以存在感,以运动中的美感。如今,全世界的行家都认为他是矿物绘画界的一位大师。

所有以文人石为主题的书籍,都会提到《小玲珑馆藏石十二像》。1994年,身在纽约的刘丹接到了一位美国著名藏家的电话。他希望尽快和刘丹见面,因为事情很紧急。他了解刘丹的作品,希望跟他做一桩买卖。他提出支付所有旅费,包括行程六个半小时的美航机票。刘丹并非轻易接受邀约之人,却同意前往。他早已听说过这位狂热的收藏家,为了丰富自己的藏品,不惜付出一切代价,就像中国古代那些痴心于石的帝王。20世纪90年代初,伊恩·威尔逊曾任旧金山亚洲艺术博物馆董事会主席,他与刘丹的相遇轰动一时。

伊恩·威尔逊:"我想请您为我收藏的石头画一幅画。"

刘丹:"可以,条件是您得找到我想象中的那块。"

伊恩·威尔逊:"您可以说具体点吗?"

刘丹:"我想要一块从各面看都不让人失望的石头。"

伊恩·威尔逊花了整整一年的时间,终于找到了那块完美的石头，那块刘丹能用笔墨点石成金的石头。又一年过去，刘丹才完成组图。石头的肖像让石头摆脱了它最致命的敌人：风化。这十二幅像已经准备好进入时间，也就是说，永远地离开时间。再也没有什么能够妨碍这块石头成为永恒了。

"小玲珑"是一块蛋白石，高20厘米，宽9.5厘米，厚6厘米。休想将它录下来或拍摄下来，因为任何镜头都无法捕捉到它。下笔之前，刘丹需要用眼睛洞察它的秘密。漫长的素描草稿绘制之后，他准备好了笔和墨。这十二幅23厘米乘以10.5厘米的水墨像，构成了一块石头的完整肖像，为观者带来了一次独特的体验。在刘丹笔下，石头不再拥有重量。它在飞，仿佛漂浮在外太空，一点气流就能让它旋转。那些把这十二像比作镜头移动的人，简直一窍不通。应该更近地观察：刘丹并不满足于刻画石头的表面。他从内部刻画，下笔了无痕迹。十二幅小像浑然天成，竟不似人工雕琢的艺术品，倒像是大自然鬼斧神工的产物。中国画的境界是"由人复天"，即"造乎自然"。《庄子·山木篇》曰："既雕既琢，复归于朴。"善夫！这种形而上的审美标准来自书法，宣纸不仅仅是平面，也是一种用于迎接笔的纵深。下笔需干净利落，绝不拖泥带水，就像在沙上移动的锥子，或是盖在纸上的印章。

在书法中,这叫藏锋。石涛在《苦瓜和尚画语录》中写道:"腕受正则中直藏锋,腕受仄则欹斜尽致。腕受疾则操纵得势,腕受迟则拱揖有情。腕受化则浑合自然,腕受变则陆离谲怪。腕受奇则神工鬼斧,腕受神则川岳荐灵。""文化大革命"如火如荼之际,李克曼将《苦瓜和尚画语录》译介到了法国。那时,整个中国古典和传统文化都腹背受敌。1966~1976,这十年,留下了痕迹。

"故至人不能不达,不能不明。达则变,明则化。受事则无形,治形则无迹。运墨如已成,操笔如无为。"

《脱俗章第十六》是反对愚与俗的一章,愚即俗,俗即愚。这个时代的两大通病,以一切可能的方式在世上传播。然而作者并没有绝望,而是充满乐观:"愚去智生,俗除清至也。"

*

人们永远都不会知道伊恩·威尔逊这桩买卖的价钱,但可以想象刘丹,沉静地坐在威尔逊家客厅里的明代椅子上。公寓里有三扇很高的窗子,面对着旧金山湾。刘丹认真而恭敬地听着威尔逊讲述他的爱好,并接过一张支票。房间很明亮,墙壁是柔和的米色,客厅的四角都放着文人石。

在开始每一幅画之前,刘丹都会用铅笔打好草稿。"那些想毫不费力就达到满意效果的艺术家,一定很难理解我的做法。对任何主体和技巧的掌握都来自一种内在的理解,而这种理解只能通过深入的分析和思考来获得。于我而言,素描就是分析和探索的第一步。通过素描,我得以了解我的创作主体。反之,创作主体也帮助我发现了我的自身。"这就解释了选择描绘对象的重要性,因为一旦选定主体,就意味着投入大量时间和精力。刘丹向威尔逊发起挑战,去寻找那一块他心中所想的石头。那块石头不仅仅一两面有趣而好看,而是面面可观,面面不同。

伊恩·威尔逊是谁?是不是那个1940年出生在南非的当代艺术家?此人非常健谈,曾表示"将口头交流看成一种物品,因为所有艺术都是信息和交流",因此"选择说话而非雕刻,从而将艺术从所有特定的地点解放出来"。当然不是他,因为我们关心的伊恩·威尔逊对石头怀有具体而真实的热情,这刚好是概念艺术的反面。是不是那个1941年出生,因为都灵裹尸布而改信天主教的神秘哲学专家?也不是。我们感兴趣的伊恩·威尔逊是美国的一位著名的亚洲艺术藏家，刘丹的一幅名作就应归功于他。在这个真正懂得亚洲艺术的小圈子里，有安娜的父亲理查德·罗森布鲁姆、王己千、胡兆康，当然，还有文人石艺术的重要普及者胡可敏。这些美国人明白，点金之石、《2001：太空漫游》中的神秘巨石、真理宝石、虔诚教徒朝觐的克尔白神庙……中国的文人、诗人和画家早就知道了。伊恩·威尔逊在旧金山亚洲艺术博物馆工作了十几年。1995年10月19日的《旧金山纪事报》，记录着一位名叫李钟文的韩国裔企业家给博物馆捐赠了1500万美元，博物馆才得以迁到市中心的新馆。馆中展出的文人石周围，每天都围着几百个参观者，但他们中的大多数人什么也看不见。要想明白这个现象，只消去罗浮宫前的广场上，在济安·贝尼尼所塑的路易十四骑马雕像前停留一下：游客围着那个巴洛克时期的杰作转悠，但就是视而不见。

这些美国的大鉴赏家阐明了马奈那句可怕的话："艺术就是一个圈，你要么在里面，要么在外面，全凭出生时的机缘。"这句话打破了人们对教育的所有乌托邦式幻想。如果你看不懂，我也没办法。你在圈外，祝你好运吧！电视、电影、汤、周日的博物馆、开幕式、酒精、演唱会、筋疲力尽、疑惑、为错过的东西而报复的诉讼、交流、老土的套装、心脏病、发胖、抗衰老面霜、注定失败

第五章

的挣扎、不太自然的美黑、车、飞机、运动、草草结束的做爱、终将离婚的结婚、讨厌你的孩子、欣赏你的老板、插入你神经系统的立体声设备、空洞的目光、总是满腹牢骚。最后，最后呢？这种生活永不终结：你被机械地接替，你平庸一世的火炬交到了另一个人手中，就这样继续下去。你在圈外，就是这样。所以别再幻想你在圈里面了。除了提供劳力之外，你一钱不值。你就是一副皮囊，一粒尘埃，你什么也不是。你不待见这些？说得太难听了？不公平，不应该？你要来告我吗？我等着你，我的律师战无不胜。你已经出丑了，已经被击垮了，被遗忘了。

"腕若虚灵，则画能折变。"

*

和"腕若虚灵，则画能折变"正好相反，安坐在楼下富客汉堡的一张塑料桌旁，一位中国当代明星艺术家正在嘎吱嘎吱地大嚼一只培根汉堡。他习惯带他年轻的妻子和小女儿来这儿吃饭，有时候也会和朋友一起来。他看上去很放松，但也很谨慎。他眉头都不皱地吞下夹了两块全熟牛排的汉堡，又喝了一大口可乐。其他顾客并没有注意到他，这很出人意料，因为他是全世界最吸引媒体眼球的中国人。天真的网友甚至还没等到他开口，就争先恐后地自掏腰包为他还债。这个胡子拉碴、大腹便便的家伙，长着一张乐呵呵的脸，被捧上了天。他成功的秘诀，就是跟政客谈艺术，跟艺术家谈政治，这样就总能显得别具一格。他的手腕天衣无缝：攻击中国政府，吸引媒体报道，神秘失踪，在不明原因的情况下重获自由，媒体报道他重获自由，确立地位。西方就是喜欢买异见分子、良心和道德的账，很多艺术家诚恳的斗争都变成了媒体炒作的由头。被称为全球第一大现代艺术交易地的威尼斯双年展，为持续的投机放出了一个充满希望的信号。以与天才安迪·沃霍尔同样的方式，这位乘着家庭、政治、经济、外交东风的中国当代艺术家，很清楚怎样把个人形象当武器。他毫不担心，继续大口吃着汉堡，因为他知道，他可以乘坐第一架飞机飞到自由世界。在那里，人们将像迎接壮士一样迎接他。这是法国或美国的当代艺术家所没有的待遇。每当法国或美国的当代艺术家遇到这位中国当代艺术家时，他们都会毕恭毕敬地打招呼，充满同情和兴趣，当然还有嫉妒。

此刻的北京城中，汽车还在沿着二环绕圈。故宫里的大石龟知道，对于不同的人而言，时间并不以同样的方式流逝。亚欧大陆另一端，凡尔赛花园水池里的铜龟正友好

第五章

地朝它们遥远的表兄致意。它们什么也不缺，它们知道自己走在时代的前列。与其跑，不如走得早。

*

我闭上眼睛。再次睁开时，我又回到了刘丹的客厅。时间在混淆，在沉淀，在石化。有一刻，我甚至想我会不会死在这儿，就在他家，就在这张茶几旁。黎薇的离去让我明白，死亡一直在角落窥探。它就在那儿，我感觉到了。死亡的迫近让我沉浸在永恒的喜悦中，当我的心脏紧缩，当我的视觉衰落，我们将纵身跌入那无尽的深渊。我的视线落在窗边的柜子上，那里摆着一方赏石。底座的两角向上弯起，用于盛放卷轴字画，上有两个祥云形状的带锁抽屉。底座的四脚小巧玲珑，却稳固非常，见证着不曾流逝的时光。石头呈扁圆形，像是不堪天空的重负。它饱经风霜，坚不可摧，却被一个孔洞前后贯通。孔洞也是扁圆形，形成于两块岩层不完美的结合。日光从中间穿过，更确切地说，应该是灯光，因为此时正值深夜。已经几点了？自从我以石为伴，只消看它们一眼，我就能确知自己仍活在这世界上。

为什么刘丹习惯在夜里工作？因为安静，并且可以控制光线的强弱。楼道沉浸在黑暗里，密码锁、大门上的对讲机、快速上升的电梯、防盗门：深刻的工作在深夜的秘密中进行。我轻轻敲了敲门。刘丹日夜都穿一身黑衣，仿佛不愿费心挑选颜色，或是怕与正在成型的作品不协调。很年轻时，他就开始留长发了。岁月染白了他的发丝，却没能在他的脸上刻下痕迹。他依旧容光焕发，目光如炬。在他面前，我们这些笨重的欧洲大个子仿佛有千吨重。是因为刘丹的瘦弱吗？当然不是。他浑身上下散发着一种干练、沉郁的力量，就像他收藏的石头一样，静止只是表象。在这个正走向房间深处的中国人面前，我们明显体会到自身肉体的笨重。刘丹是一块轻盈的石头，我们则是一堆混凝土。

*

初次拜访之后，我和刘丹之间的惯例很快便形成了。每月一次，我会在晚上10点左右去他家。在他的公寓里，我总是小心不碰倒任何一件物品。每次我进门脱掉大衣后，刘丹都会客气地邀我就座。我安静地坐下，耐心等着。我希望他看到，我懂得沉默，懂得等待。我有的是

第五章

时间。

夜深了。我们读书,抽烟,讨论时间、物质、空间和艺术史。我们与古今中外的画家一起漫游:德加与描绘对象的内化,修拉的创造性,黄宾虹和他黑密厚重的山水,赵无极和他的色彩盛宴,张大千,毕加索,还有高更和他自制的颜料。濒临破产的操盘手们,去步高更的后尘吧!高更曾经是一名股票交易员,1882年法国股市崩盘后改行做了职业画家。我们彻夜畅谈,偶尔会出现长久的沉默。每到这时,刘丹就会点燃一支香。那是寺庙的味道,淡淡的,就像睡莲的色彩随着迷离的光影而变幻。20世纪的美国人和21世纪的中国人的共同问题就是,他们都习惯根据一个艺术家的名气和"行情"来判断他的价值……绿票子、红票子。不管怎样,还是印象派:光,以及光的视觉体验。德·库宁:"看一幅画能走多远。"但有了沃霍尔,便是早已计划好的终结。

*

美国一本著名杂志的中文版把整整一期都献给了一位艺术大明星。这位艺术家快活的脸登上了所有报刊亭的货架，只要稍稍讲究点时髦的中国人，都可以在周末一边喝鸡尾酒一边谈论艺术了。《时尚芭莎》——美国第一大时尚杂志，货真价实的时髦媒体——仿佛不觉得"芭莎"（Bazaar，意为"集市"）这个可疑的名字有任何不妥。无论如何，我们天才的当代艺术家已经在这个热闹的集市里交了好运。他快要爆炸的彩色气球，让人们想起自己生活的世界：徘徊在经济、生态、政治危机的边缘，最细小的一根刺都能让它破裂。泰坦尼克号综合征之后，应该谈一谈当代艺术家综合征。商业大片的看点一应俱全：钞票、豪车、作秀、当艳星的老婆和意大利议员。一些人开足火力攻击他，但是有必要吗？这个时代所需要的，难道不恰恰就是这样一个人，还有他身边的"伯乐"和"先知"吗？而此时，另一群艺术家正在准备之后的事情。他们中有石涛、董其昌、方薰、龚贤、唐寅、刘丹……这份不完全名单与昙花一现的商品目录和奢侈品杂志刚好相反。一次，在飞机上，我翻看了一沓两个月前的杂志。泛黄的书页、褪色的照片、过时的信息，就好像什么都变了又什么都没有变。杂志里对艺术圈某明星的图片报道，让我再一次确定手中的读物已经属于历史。《重新发现当下》——我盯着这篇报道的大标题笑了好几秒钟，把杂志放回到身后的陈列架上，然后睡着了。与其花时间嚼这些陈芝麻烂谷子，不如花时间睡觉。

第五章

另一次，在前往古都西安的夜车上，我下铺那个肥胖的中国人，竟然在睡前津津有味地读起了艺术史。你感受到差距了吗？那本书的封面上，印着格吕奈瓦尔德的《耶稣受难》，周围像光环一样写着一圈汉字。比起杂志，这样的书更不容易过期，不是吗？

最好的反击，就是对时间的信任。同时，给予信任以时间，但这很难。当一切都衰老、颓败、在原子中爆炸、在癌症中消沉的同时，这世界还在发生些什么？试金石、点金石、建造教堂的石块、建筑用的石料……是的，石头一直都在，几百万年，几千万年。成形，变形，移动，运转……常人禁锢在当下的目光看不见，但是画家、诗人、书法家看得见，特别是在中国。他们洞察到了，并竭力理解，甚至模仿。你受够了日常生活这个乱哄哄的戏台子，想抽身离开？很简单：请保持静如止水的状态，将动作内化，让恐惧、压力、焦虑、抑郁等纷纷扰扰都从表面滑过。你不再属于别人，你只属于自己。简而言之，变成一颗石头。你会发现，一切皆是浮云。

>>> *石头新记*

*

在这个全世界都应承担责任的危机时代,在虚假的夜和人工的黑暗中,倾听石头的音乐是唯一的解药。听啊,你知道这乐曲,这和弦,这和声。你必须学会识别它,无论在何处,无论它叫什么名字:你必须勤练。你会发现,你的图书馆就是一座宝库。普鲁斯特《追忆逝去的石头》,斯丹达尔《帕尔马石头》,圣埃克絮佩里《小石头》,保罗·莫朗《风流石头》,还有更好玩的《使馆石头日记》,塞利纳《长石行》,孔子《石语》,福克纳《石头,石头!》,兰波《通灵石》,加缪《局外石》,巴尔扎克《石间喜剧》,西默农《石头滨河街》,最后是托克维尔《论美国的石头》。[①]工匠很谨慎,他们悄无声息地创作着,只有真正的行家才知道他们的名字。我可以列举几个巴黎的作家和诗人,年轻的音乐家和舞蹈家,还有石头。你觉得我疯了吗?完全没有:傲视群雄,博山石,山东产,高54厘米,放置于16世纪的底座上。三峰,灵璧石,安徽产,高36厘米,宽30厘米,古铜色的底座可以追溯到18世纪或19世纪。又或者,我最爱之一的"别有洞天",白灰灵璧石,安徽产,高50厘米,宽36厘米,厚

---

① 此处作者对已有文学、文献书目更改了书名。

14厘米。石呈赭色,仿佛漂浮在19世纪的底座上方。就像爱丽丝梦游仙境,一旦穿过石头中间扁圆形的孔洞,你就进入到另一片洞天。

*

线条已经画下,清晰而明确,就像"一画"。它经过十几个国家,穿山越岭,漂洋过海。它比西伯利亚大铁路快得多,比飞机和火箭先进得多,比互联网的效率高得多。在这"一画"中,线条沿着地球绕行,仿佛是另一条回归线,一个新的赤道,一种革命性的对称。

*

刘丹公寓的天花板给人一种置身于小教堂的感觉。周围的艺术品守护着我们,在灯光下清晰可见,大多是中国、日本和印度的雕塑和浮雕,比如我身后这尊印度虎头雕像,以及那个纵身跃起的吐火怪物。除此之外,客厅的墙上还挂着几幅水墨画和扇面画。一道古旧的屏风后面,摆放着两株枝繁叶茂的植物。每件物品都千金难买,意义非凡。它们是时光机,是回到某个时代、某个地方的向导,也包括天堂以外的地方,地狱?绝不。刘丹只与喜爱光明的人为友,他居住的"光明楼",在夜里也闪耀着光芒,将我一路带到了这里。当然,要想欣赏光明之美,就必须深入黑暗。水墨便是光明之画,在刘丹的水墨面前,"黑色艺术家"皮埃尔·苏拉热的作品就显得毫无新意了。真正的光明必是从深沉的黑暗中迸发:这便是刘丹选择在黑夜工作的另一个原因。渐渐地,我也开始了同样的作息,这本书就是在半夜3点和日出之间写成的。冬天,太阳在7点升起。夏天更早。

*

当黎明再次把深红色的天空漂成鱼肚白的时候,烟和茶在寂静中冒着烟。大城市夜晚的寂静,时不时被一辆汽车、一声呼喊打破。这份寂静是一种恩惠,它自然、野生,置身其中,就仿佛置身于无人的旷野。对我而言,城市就是一片荒原,住在城市里与住在大山大川中其实并无二致,只要会看,会听,会闻,会触摸,会品尝。城市是一种奇遇。每当我沿着高高的蓝色栅栏散步,看见前方工地上的高楼正拔地而起的时候,就会顿时感觉身体不再麻木,关节不再僵硬,脊柱不再酸痛。是的,就好像我的身体正在被城市一点一点地改变。地球表面三米之内都飘满灰尘,但如果你会飞的话,就能够享受纯净、甘甜的空气和云朵。刘丹说:"天亮了,过来看。"

客厅的地板上放着一张大幅水墨画,几个月后,刘丹将把这幅画捐赠给集美博物馆。这件作品让我立即意识到,我面前站着一位大师。他和中国古代的大画家一样,都疯狂地热爱自由。华夏丹青发源于三千年前的半坡彩陶,经过技艺的不断精进,成为人类文明最伟大的艺术形式之一。而我面前的这位大师,足以与意大利文艺复兴时期的巨匠和现代艺术的妙手比肩,却因为历史原因,在所谓的"当代艺术"面前沉默了。"中国当代艺术家"这个名头,都可以拿去注册商标了。任何一个参观过巴黎蓬皮杜艺术中心或纽约古根海姆博物馆的游客都会惊奇地发现,那些所谓的"中国当代艺术家"东抄西借,如有需要,再把脸涂涂黄,或者增加对毛泽东的隐射。这些小伎俩平庸得不值一提,因为只要去北京,任何一个欧洲或美国的游客都能在各种旅游商店里找到印着毛泽东头像的纪念品。18世纪的欧洲人迷恋中国工艺品,"辉煌的三十年"[①]的西方人从黑帮故事和中餐馆中取乐。今天,中国

---

① 指1946年至1975年,在这期间,西方主要资本主义国家在经济上得到巨大发展,人们生活质量大大改善。

变成了大国，人们却更喜欢吃日本菜了，不久以后，也许会更喜欢韩国菜。中国向世界出口的不再是红宝书，而是所谓"颠覆性"的绘画，无知的暴发户收藏家却将其视为珍宝，陶醉其中。而那些更为无知的学生，竟把它们作为论文选题，正儿八经地搞起了研究。

然而，只要与它所处的时代背道而驰，"当代艺术"好像就会变得高尚、强大而优雅。我建议把这些未来的艺术家叫做"反当代艺术家"。还不明白？因为你还没有完全准备好。要有耐心。

*

每次临走时，我都会去看看那块放在柜子上的石头。它镶嵌在深色的明代木底座上，宽30厘米，高10厘米，中间那一道很宽的缝隙，让它看起来像是由两块石头堆积而成。我总是犹豫要不要靠得更近些。这块石头吸引着我，它在自身上创造出的虚空是一个自洽的秘密。一件珍宝。就像一个洞口，一条通道，一个方向。我想坐在它面前，仔细观赏。我想透过它，观察这空洞的、被沉默的石头环绕的空间。我可以慢慢地看，用尽一生来观察，即使我倒

第五章

在这台阶上。刘丹等待着,他尊重这样的时刻。他知道,我懂得朝正确的方向看。他知道,我身上有一块宝石——黎薇,但我们从未一起谈论过她。我朝那块石头望了最后一眼,跟它告别,它没有回答。我与刘丹礼貌地互道再见,出门后,我突然感觉筋疲力尽,却又像比任何时候都更有精神。通常,我都会长久地散步,或是在打烊前,去酒吧喝上几杯。

*

天色尚早,一条接一条的大道上空无一人。比起巴黎、上海或纽约,北京的距离、污染和单调的现代建筑并不适合孤独的漫步者。马路两边,只有一家接一家的商店和一幢又一幢的高楼,很少有东西能给散步者解闷。幸好,市井就是一个大舞台。在这方面,北京人堪称专家。有些店铺的名字可笑而荒诞,比如那个叫"松弛"的美容产品店,为了更有范儿,"松弛"这个词还是用法语写的。还有那家专门面向白富美的服装店:"理论"。雅克·德里达或许会欣赏这个店名。他曾经很喜欢中国,而中国人也礼尚往来,在这里,他的书一直卖得不错。罗兰·巴特只看到了毛泽东时代的中国,他唯一的中国之行

>>> 石头新记

是一次彻底的失败。那是1974年,男孩和纪念品把他搞得晕头转向,陈词滥调让他窒息。他当然没把这些写进那本枯燥乏味的《中国行日记》里,而且有意拒绝在生前出版这本书。中国的真实面孔,他一点都没有窥见。这也是因为时间不对,如果罗兰·巴特在今天故地重游,一定会兴高采烈。他剖析日本的《符号帝国》,完全可以从中国的角度赋予新的内涵。与东京相比,北京显然更能表达他心中所想。是的,今天仍是如此。尽管经历了几十年的建设,北京的中心仍很疏朗。很少有人注意到,难以捉摸的谢阁兰把最重要的作品都献给了难以捉摸的北京和佛教圣地拉萨,比如应该列入中学必读书目的《勒内·莱斯》,还有那本让人激动的诗集《西藏》。故宫,这座为天子而建造的宫殿,由宫墙围住,北京的环路以故宫为中心向四周扩散,就像石头投进河中,泛起圈圈涟漪。是的,圆形中的正方形,象征着天地,可以追溯到商代的琮。琮是一种内圆外方的筒形玉器,为古代重要礼器之一。璧与琮分别象征天与地。玉璧祭天,玉琮祭地。这种象征给浪漫的情怀留下了充足的想象空间,但其意义远非如此,因为它不仅构成了有史以来中国最早的宇宙学,而且恰好和北京城的地理相符。一些白天,或者更确切地说是一些傍晚,这样的契合更加明显。当雾霾不太浓重的时候,太阳这个橙色的球体就悬挂在两幢楼房之间，向宽阔的大道和蜿蜒的胡同打着招呼，向全世界的忧郁，向危机，向债务和贸易逆差，向那些给人们掘了墓地、让他们看不见真实生活的千百种问题发起挑战。这圆盘就像一扇天窗，透过它，人们终于看到了外面的世界。它是我们睁开的另一只眼。城市，这座置身于圆形之中的方形，放慢了，屏息了，凝固了。早高峰开始。网络故障，人们在城市的各个角落大声抱怨。我终于进入了必要的状态。在我身后，是城市。在我面前，是空无。天还没完全亮，黑夜不愿离去。天色苍白，此刻，大概是早上四点半钟。

*

北京的夜晚和其他城市的夜晚都不同，因为它的地理分布更加扩散。在上海时，M.曾带我去过很多地方。每个地方都不一样，却都同样让人厌倦。世纪初的舞厅，菲律宾或美国黑人的爵士乐队，按月拿工资的音乐家在象牙做的钢琴键上摩擦着手指，还有迪斯科的破旧地板。一群群昼伏夜出的狂欢者，从一个酒吧到另一个酒吧，从前天到明天。M.向我介绍了她的一个朋友，那是一位内向的年轻女作家，作品曾被译成法语，我大致翻阅过几本。我们在一家很雅致的酒吧，老板是一个澳大利亚女人，对面就是浦东富有未来感的建筑群。酒吧的威士忌很棒。M. 握着我的手，年轻的作家跟我说起她的城市。与她同来的还有一位优雅的法国男士，眼神极具穿透力。在上海有一种法国知识分子的传统，虽然大部分法国人都在那里从事金融类的工作。我做好了最坏的打算，但她很聪明，很讨人喜欢。谈话转向了中国古典文学，我们聊到了李渔的《闲情偶寄》，又谈起了宗教。女作家在度过放纵的青春期之后，皈依了佛门。而那个法国人呢？他习惯在早上五点读书，在整夜的声色犬马和灵感迸发之后。比白天更亮的黑夜，是这座城市的奇观。加油吧，两位！但我还是更喜欢M. 温润的手心。我用指尖轻抚她的掌心，迫不及待地期盼着二人时光。

上海将它所有的能量都集中在一两个街区：黄浦江边，以前的法租界。而北京则像一洼泥泞的水坑一样蔓延开，从华北大平原上升起。北京动感的夜生活，就像这座城市的地壳构造一样，坐落在两个板块的分界线上。每年，这两个板块都会向前移动4厘米。北京有几条著名的酒吧街，比如工人体育场附近，年轻人试图在那里忘掉未来，或者仅仅是忘掉刚刚过去的一天。北京是地下文化之城：隐蔽的酒吧，五道口的夜店，"异见者"的聚集地，爱情故事开始的地方。北京的夜生活，就是网吧和KTV。最大程度的合群，最大程度的离群。循着呼呼啦啦骨牌碰击的声音，就能找到那些通宵营业的麻将馆。东西南北、春夏秋冬、梅兰竹菊。是的，竹子会开花，每几十年甚至更久开一次。有一杆黑竹，最近一次开花可以追溯到1920年。而更惊人的是，通常是整个地区的竹子一起开花，就仿佛竹子拥有深藏于基因的集体记忆以及与同类的沟通能力。竹，常见于水墨画，在中国传统中象征气节。对中国的研究应该从耐心观察竹子生长开始，而这个传统从宋代就开始了。画竹，必先得成竹于胸中。刘丹说："书法家爱画竹，是因为竹枝就是线，竹叶是点。"点和线是汉字最基本的两个组成元素，它们是精髓，是根本，是书法的最小公分母，因此也是绘画、诗歌乃至整个中国古典文化的最小公分母。直到今天，人们在经过竹林的时候还会驻足观看，并侧耳倾听风穿过竹叶的沙沙声。

北京有一家很有名的酒吧以20世纪50年代的一部美国小说《苏丝黄的世界》命名，小说里写的是一个东方妓女与洋人画家之间的爱情。当迷惘的女孩们试图用荧光鸡尾酒浇灭忧愁的时候，北京城里还在发生着什么故事？当从乡土小说里走出来的胖妞在一遍遍重播着春节联欢晚会的小电视机前等待客人，而电视里的明星却开着保时捷卡宴

> > > 石头新记

和奥迪的时候,还在发生什么?当农民工在三米见方的杂货铺里打着牌,抱着十几瓶青岛啤酒和二锅头一醉方休的时候,还在发生什么?当局谨遵老子"治大国若烹小鲜"的建议,对民众进行高度保护,北京2000万居民中的大多数已沉入睡眠;当少女躲在陌生公寓的卫生间里哭泣,当好友因为爱情反目成仇,当公务员在做梦也想不到会得到的奢华液晶电视上换频道,当两三个孤独的灵魂在深夜中思考,为从未被提出的问题寻找答案的时候,还在发生什么?

围着地球绕一圈,就能更清楚地意识到这种夜生活:北京时间半夜三点,巴黎正在播放晚间新闻,如果运气好的话,还能赶上总统的电视讲话。此时的纽约还是大白天,布鲁克林大桥上车水马龙。澳大利亚人仍在午休;日本比中国早一个小时,但夜生活早已结束。在莫斯科,街头小混混刚喝完酒。在非洲,夕阳美丽的余晖洒在大地上。北极呢?问得好,因为这得看是什么季节。夜,是一种沉淀物,一块液态的石头。在夜的腹部,时间和空间正在溺亡。

工作室里,刘丹在夜中穿行。他时而蹲下,时而站起,面前的地上铺着一幅长卷,四角由珍贵木材所制的镇

第五章

纸压住。这四块清代镇纸的颜色很深，看上去竟像由石料制成。精巧的灯下，墨的浓淡变化纤毫毕现。刘丹对天地运转的规律了若指掌，就像古代的礼官一样，他知道如何用玉璧观察天象，从而找到最完美的时刻。音乐中，时间与时刻比什么都重要；绘画也一样。中国画是时间的艺术；山水长卷，在时间中缓缓铺陈，目光随之展开。要想欣赏中国画，只需穿过黑夜，迎来日出。这就是为什么很少有人欣赏这美景了：日出而作的上班族当然对日出毫不关心，一有机会，他们就会睡懒觉、看电视。只剩下几个仍在坚持的晨练者，公园、地铁口、平民区住宅楼下，还能看到他们打太极的寂寥身影。

我回到住处，M.有时已经醒了。她在客厅里练习书法，或者在电脑上查邮件。她与美国西海岸保持密切联系，特别是旧金山——艺术与收藏之城。

"你看上去很累。"

"我走了很多路。"

"走回来的？"

我不敢跟她解释，这些夜晚其实已经深刻地改变了我的基因、我的遗传，打开了全新的精神动脉。然而，事实就是如此。

*

刘丹说:"20世纪50年代DNA双螺旋结构的发现,为我们的时代带来了新的景观。数码、纳米、基因工程、分子生化等等,已无孔不入地融入我们的日常生活。这个大环境是前人所不能梦想的。这种对表象的新的科学研究方式令我震动,让我着迷。就是在这个背景下,我完成了自身的蜕变。"

*

DNA是存在于所有生物体的分子,包括了该生物过去、现在和未来进化的所有信息,根据核酸序列组织,可以随着时间而变化。唯一不变的,就是变化。

*

只有极少数人能凭直觉意识到,表面的静态之下,一切都在变化。21世纪的人们,需要一些勇气和坚持,因为所谓的政治已经变成了一片可怕的嘈杂声和一台永久的演出，最终目的是席卷一切，包括那些自认为是反对派、抵抗者或边缘者的人。

*

过去也并不比现在容易。公元17世纪，石涛进行了一场耐心、坚决而从容的斗争，最终取得了胜利。中国历史上最伟大的画家选择"石涛"为字，这清楚地说明石头的真实属性就是变化。在他的山水画中，石头缓慢地绕自身盘旋。它们的运动是那样欢乐，那样不可抑制，然而，生活从来都不是一件易事。

画僧石涛原姓朱，名若极，与明太祖朱元璋同姓，本是明朝靖江王后裔。如果早生几十年，这姓氏便可以为他打开从政的光明大道，奈何他生不逢时，偏偏在1641年降临人世。三岁时，明朝灭亡。含着金汤匙出生的小王爷，从此成了反贼子嗣。朝代更替，必有大乱，在中国更是如此。全族被诛杀，宫殿被夷为平地，史书被焚，官员锒铛入狱。石涛别号苦瓜和尚——生活虽苦，但不见得比空心的苦瓜更糟糕，还需笑看之。正是这样一个人，为后世留下了千古名作，在21世纪还会有生命力吗？当然。他对时间充满信心，在时间里冲浪。石涛一定会是一位高质量的博主，他的别号可以是"网涛"。但"石涛"这个名字更强大，不是吗？石头并非固定不变、静止不动。它在涌动，在前进。你已经被淹没了吗？和石涛一起，或是和刘丹一起，学着在石头的波涛里冲浪吧！石头将把你带入它们的运动之中，它们的音乐之中；你将承蒙它们的慈悲。

为了逃离政治纷争，未知世事的石涛只好当了和尚。寺庙是理解天地万物的最佳地点。小和尚修习苦行，还有禅宗：清规戒律、简朴、正直，以及面对尘世苦难的幽默。一成年，石涛就再也受不了身上的僧袍了。他不再需要隐居；满族人当了皇上！战乱之后，大国需要安抚。这个年轻人虽然已在一些作品上留下了元济、原济等法号，但在名气和社交圈的保护下，越来越向往红尘。他最终弃僧还俗。他放弃佛的道义，而遵从了自然的道义。他抛却佛的规则，而遵从了笔墨的规则。

但是石涛永远忘不了他的禅师旅庵本月，正是此人让石涛第一次看到了大自然之美，无论是最卑微的形式（蔬菜、昆虫、花草），还是最壮丽的形式（山川、心灵）。离开寺院后，石涛浪迹天涯。他在陡峭的山峰上磨破了鞋底。"黄山是我师，我是黄山友"，石涛平生多次游黄山,熟悉山上的一草一木。他作画,写诗,思考,睡眠安恬。二十五岁到三十五岁之间,他云游四方,有时会在宣城小住,与好友梅清共度一段时光。梅清善画黄山,"得黄山之真情"。他的一些黄山画非常出名,如故宫博物院所藏《黄山天都峰图》立轴,图中天都峰险峭雄奇,冲出云天,就像夏威夷的海风吹弯棕榈树一样,画里的大风也能让山峰折腰。

山与川的结合,创造出了理想之地。水与石,南京坐落在长江和紫金山之间,虎踞龙蟠。商贾云集,文人荟萃,历代名家骚客让此地成为名副其实的文化之都。诗人谢灵运、书圣王羲之、画家顾恺之,都曾在南京居住,与之结缘。刘丹也曾在南京的江苏省国画院学习。南京意为"南方的京城",正如北京意为"北方的京城"。在被称为南京之前,这座城市就曾是吴、东晋、宋、齐、梁、陈六朝古都,1356年,又被明太祖朱元璋攻占。1421年,永乐皇帝决定迁都北京。自此开始了秦淮河岸浅弹轻唱,软语温存的黄金时代。文人写下无数诗篇,这座奢华的旧都里,发生着无数风花雪月之事。南京也是全国印刷中心,有南京国子监,书肆繁荣。石涛于1680年移居南京,住了九年,结交了许多艺友,喝酒、取乐、寻欢、作画。尽管他的家族曾惨遭杀戮,他最终与朝廷和解了。此时,朝廷对他已不再重要了。1684年，康熙帝首次南巡，驻跸南京，石涛接驾，写下纪事诗两首。但与《苦瓜和尚画语录》中的"一画"相比，这幅应景之作便不足挂齿了。

我有是一画，能贯山川之形神。此予五十年前，未脱胎于山川也，亦非糟粕其山川，而使山川自私也，山川使予代山川而言也。山川脱胎于予也，予脱胎于山川也。搜尽奇峰打草稿也，山川与予神遇而迹化也。所以终归之于大涤也。

石涛并非谦卑之人。他不假思索地落款"大涤子"，以表示对自己彻底洗涤、清理。直到晚年，他才开始以此号自称。在南京，他把仇恨抛在身后，结交达官显贵，却不刻意装腔作势。"病在举笔只求花样"，很多中国画家都有此"病"，缩身在传统或当代的习惯里，因循守旧，故步自封，却又达不到高古境界。石涛笔底锋芒毕露，嬉笑怒骂皆成文章。他独自前行，悠然自若。

*

刘丹，传承古典的水墨大家，他与喜画残山剩水、

第五章

枯枝败叶以表现萧疏淡远之致的元代大家一样，做出了正确的选择：潜心作画。与此同时，世上所发生的政治动荡、生态灾难、左右争端、宗教冲突……都被刘丹像灰尘一样掸掉，毫不含糊。他有其他事情要做，没有时间可浪费。他通晓时事，却不会过度关注这些很快就会被遗忘的事情。十年、五十年、一百年、两百年之后，谁还在意这些？刘丹站起身，拿来一本石涛的画册。画面至简：细笔山水，几棵枯树，一间茅屋。虽不见人影，这幅画却在与我们说话。石涛画的是黄山之景，把焦躁之气安抚成了平和之心。黄山是一块石头。石涛想穿过它，理解它，领会它。他做到了。巴黎的集美博物馆和一些其他城市的亚洲艺术博物馆都藏有石涛和刘丹的作品，而这已经成为评判博物馆质量的标准。

我不会谈禅，亦不敢妄求布施，惟闲写青山卖耳。

石涛曾主动进京，感觉到自己需要花一点时间，观察权力中心的运作。他晚年定居扬州，以卖画为生。有钱的文人求他作画、写字，甚至请他布置园林。他生活得很自在，字画都能卖出好价钱。刘丹也是一样，等候名单上列着的全是世界著名藏家的名字，他也经常拒绝暴发户画石的请求。要知道怎样从有钱人那里赚钱，但也应严肃对待自己也成为有钱人这个风险。秘诀就在于，保持自由。石涛为余氏布置的万石园，现已无迹可寻。园中的石头都到哪儿去了？藏家真是做了一笔好买卖，因为不难想到，能够看穿石头的石涛所选的，定是好石。

我受之也，山即海也，海即山也，山海而知我受也。皆在人的一笔一墨之风流也。

那次夜谈中，刘丹给我看了他1994年完成的《太湖石》，纸本水墨，装裱成框画，挂在玄关处。我收到了M.的消息，她到意大利了，在那里等我。她从网上给我发来机票，让我赶快去找她。我不敢跟她说，其实我更喜欢清静。一个星期后，我登上了中国航空A320次航班，目的地是罗马费米齐诺机场。一切都那么熟悉。

刘丹公寓的大门轻轻关上。之后的故事，你都知道了。门纵然合上了，但没关系，你可以透过门看。每一个动作都在你身上回响。再也没有什么可以阻止能看穿石头的人了。

第六章

几万年的沉淀后，构成我们的一切和环绕我们的一切，都注定变成石头，参与到时间耐心的运动当中。我们的经历和故事，也终将被时间石化，穿越永恒。黎薇直视着路易丝·布罗利耶的双眸，对我说，在她的眼神里蛰伏着生命中时间和变化的秘密。她已经在其中看到了刘丹也将看到的东西：一大片蓝黑色的石头。我逐渐明白：我们的眼睛就是转瞬即逝的石头，每个人的身上，都带着时间以及战胜死亡之生命的难解之谜。这或许就是炼金术士寻找的点金石吧！在这块点金石上，建造了真实世界和心灵世界的大厦。眼睛——是我们随身携带的石头，世界本身便通过它显现。

小说的写作很顺利。我文思泉涌，毫不费力，就像一个快乐的孩子，蹦蹦跳跳地越过水洼。感觉很好。M. 在那里，在等我，而我将去找她。因为情，也因为无情。而黎薇，你在哪儿呢？你在我面前这块黑木底座上的蓝黑色石头里吗？一块可以研磨成粉的石头，一位叫安格尔的画家把它做成了颜料，画出了世界上最美的女人的眼睛。他在美第奇别墅遇见了她，她将成为布罗利耶公主，路易丝·阿尔伯特，奥松维尔伯爵夫人。

*

那些只在其中看到一系列偶然的人们，或许不无道理。就像世界上那些大藏家和艺术商一样，M.的人脉极广，尽善尽美地安排了这次意大利之行。我们就住在美第奇别墅，宽阔的公寓里摆着一架钢琴。据说，德彪西正是在这架钢琴上创作了他的杰作《大海》。当我睁开眼睛，仰望宫殿般豪华的天花板时，M. 还在熟睡。太阳照进房间，落在白色的大床上。床很高，需要像攀岩一样爬上去。时间在加速，就像被抛进太空，变成彗星的石头。一

第六章

切都还在吗？腿、臂、手、脖子、眼皮、嘴上的肌肉……一一检查之后，我站起身。窗帘拉着，但我知道罗马就在窗外。晨曦中，窗外的罗马变成了玫瑰色。我走进浴室，迅速地梳洗。浴室的小窗上布满了雾气，我用毛巾的一角轻轻擦拭，正对面，可以看到圣彼得大教堂的圆顶。我决定今天就去。最擅长石雕的贝尼尼，在那里创作了一顶象征圣体的青铜华盖。然而，最让人叫绝的，是贝尼尼将一些房梁挖空，建造楼梯和阳台。所有的人都以为圣彼得大教堂完了，它会倒塌，只剩下地下室。但贝尼尼对石头了如指掌，从这一点看，他几乎可以说是一个中国人：至今，教堂还完好无损地矗立着。实心中的空洞，只会让石头变得更加强大。

*

我们在露台上享用早餐。别墅的厨师像变戏法一样，给M.端来了红枣红豆米汤。M.要去见一个人，我跟她说我很累，想独自待着。她没有坚持。M.离开时，我正在别墅里散步。黎薇无处不在。她藏在被时光打磨的每一块石头背后，躲在修剪整齐的每一棵树的阴影里。庭院里铺着砾石，犹如日本园林中。阳光下，松树的影子清晰地映在石子上。我回忆起和黎薇在这里度过的日子，回忆起橘园中的美酒和晚餐，她的笑，还有美第奇别墅时任主任对她笨拙的恭维。他热爱美甚于一切，而黎薇坐在那儿，光彩夺目，就像一个未经雕琢的奇迹。当时，我们并没有住在同一间房间。有一个房间名叫"东方"，里面到处都是金光闪闪的挂毯和帷幔。晚餐的时候，黎薇笑着说："这个别墅可真是个名副其实的杂货铺！"橘园露台上，潮湿的空气带着泥土的清香。披着青枝绿叶的天使，日夜守护着这个地方。

意大利的时间比中国晚七个小时。别墅很安静，我在花园里边走边看书，然后回到房间午休。罗马可以再等等。快中午的时候，我遇到了新的主任。他面带微笑，迈着军人一般的步伐穿过正厅，铿锵的脚步响起回声。他问我是不是安顿好了；我感觉他行色匆匆，刚一开口跟我说话，思绪就飞到别处了。他丝毫没有提到，我其实是与一位美丽的中国女人同行。对私生活相当谨慎是贵族精神的一大标志，而庶民则热衷于无休止地嚼舌根。他邀请我晚些时候去图书馆找他。"我们谈一谈中国和意大利吧。您从中国来，对吗？"

第六章

*

　　圣彼得广场上聚集的人群预示着有什么事情将要发生。人群中不乏漂亮的女孩和眼睛明亮的少年，还有脖子上挂着念珠和数码相机的修士修女。人们等待着，盼望着。我刚刚意识到今天是星期天，一个小小的白点就出现在教堂的窗边，从那里垂下一面紫色的帘子。窗边站着的，正是来自南美洲的新任教皇。他挥动手臂，开始用几种语言祈祷，低沉的声音被音箱放大，响彻整个广场。一场蹩脚的政治宗教演出，此刻却因为表演者的真诚和谦卑而变得感人至深。我站在人群中，目不转睛地盯着白点的方向，直到帘子重又升起。耶稣和石头之间一直保持着一种密切关系：各各他山上的石头，墓前的石头，还有他宣布要把教堂建在上面的那块石头。

　　大教堂出口左翼的展厅里，正在举办关于利玛窦的展览。我本想转一圈，但最终还是朝教堂走去。我点燃了一支蜡烛，烛火让我想起刘丹：他在蜡烛的火焰中看到风景的形成，乃至整个宇宙。佛经上说，芥子纳须弥。清代名士李渔取其义，将其所住别墅命名为"芥子园"。佛教经典中所说的须弥山是诸山之王，世界的中心。连世界的中心都能被纳入一粒小小的芥子，整个宇宙何尝不能浓缩在一支蜡烛的火焰中？从远处看，那些由虔诚的信徒点燃的烛火就像片片星光，从中升起永恒的弥撒曲。永恒的弥撒就在这儿，在须弥山上，在圣彼得的墓里。在法语中，"石"和沉重的"岩石"以及幼稚的"卵石"相反，是阴性。"种子"也是阴性，指的是地球的坚固内核。

*

"我把我所有的藏书都搬来了，这是我当时接受任命的条件。这座别墅看上去很迷人，实际上却并不见得。"

的确，在堆满各种文件和笔记本的办公桌后面，立着一排排书架。我略扫一眼，看到大部分藏书都是关于当代艺术家的，特别是卢齐欧·封塔纳。墙上挂着一幅封塔纳的作品，一根简约的线条，将画布割破。中国书法中的笔画是否也扮演了这个角色：割裂平面，就像砸碎窗玻璃的石头？

主任邀请我落座。他的助理也在一旁，手中拿着笔记本，凝神听着我们的对话。

第六章

＊

"中国和西方基督教的首次接触可以追溯到13世纪中叶至1338年之间。1338年,'汗八里',也就是元大都的第一位主教若望·孟高维诺神父去世了。元朝对所有宗教都持开放态度,特别是对于那些被认为是舶来品的宗教,比如基督教。当然,还有同样来自西方的佛教。当现代传教士继葡萄牙探险家之后进入中国时,这种中世纪的基督教就已经消失了:16世纪是西方商业扩张的开端,是地理大发现、改革、科学思想苏醒的时代。到了17世纪,人们传播信仰的热情表现得更加明显。中国和欧洲的关系改变了。

"教会很快明白了中国的重要性。从中世纪开始,方济各会的信徒就踏上了前往中国的路。于是,忽必烈的朝廷里就出现了那么几位奇怪的外国人,他们穿着白色长袍,戴着用硕大的珠子做成的念珠。如果没有木质的十字架,这些念珠看起来就跟佛教僧侣们手里拿的一样。

"已被大部分人遗忘的大学者波西纳在他1935年出版的《中国、意大利和文艺复兴的开端(13～14世纪)》一书中,提到了罗马和北京之间的联系。波西纳是法国汉学家伯希和的朋友,他在书中讨论了中国绘画对14世纪西方画家的影响。而艺术史学家伯纳德·贝伦森早先就有此论，贝伦森也是第一个将锡耶纳宗教艺术比作中国艺术的学者。除此之外，还有法国历史学家古斯塔夫·苏利耶，1942年，他出版了《东方对托斯卡纳绘画的影响》。约翰·普兰格也强调了中国第一批天主教传教会的重要性。1925年，学者奥古斯丹·雷诺德在《历史综合评论》中发表了《〈神曲〉和托斯卡纳绘画中的东方影响》一文，明确指出来自东方的影响对文艺复兴时期意大利文化的历史价值。

"在发表于《伯灵顿鉴赏家杂志》的一篇文章中，伯纳德·贝伦森将锡耶纳的宗教艺术比作中国艺术。他在画家萨塞特的作品中发现了一种'远东的气息'：'锡耶纳艺术中某些趋势的统一性充满了神秘，特别是因为这些相同的趋势竟然出现在所有的构图和色彩中，而这种构图和色彩与中国绘画非常相似。这个事实并不好解释。'

"因此，当刘丹探索西方绘画给他留下的突破口时，就延伸出了同样的看法。的确，正如贝伦森所说，这个事实不好解释。

"为了明确指出文艺复兴时期的绘画所受的'东方影响'，古斯塔夫·苏利耶在意大利艺术史上首次应用了批评的方法。然而，这些影响的来源并不是中国，而主要是埃及、波斯和小亚细亚——犹太基督教传统习惯把这些亚洲的中心当作故乡。不过,苏利耶还是举了一个与中国相关的例子:皮埃特罗·洛伦采蒂的《圣母玛利亚的荣耀》。他以中国的天主教传教会和意大利与北京的商业联系来解释。1928年,一位名叫埃米里奥·切基的人把洛伦采蒂所用的色彩比作吴道子的色彩。

"1929年,约翰·普兰格在伦敦发表了一篇文章,指出天主教传教会在14世纪中国和意大利画家之间的对话中扮演了不可忽视的角色。

"十年后,一切都变了。但唯一的局限是:他们没有看到书法的影响。但在现代和当代艺术诞生之前,谁会想到书法呢?

"意大利语中至今仍保留着的一些表达法暴露了其远东来源,这些词真的是14世纪时从中国进口的。

"在泉州出口的物品中,最享有盛誉的就是丝绸。泉州缎在中世纪颇为著名,波斯人称之为Zeitumi。之后,Zeitumi逐渐演变为Setuni,指非常精美的绸缎。

"在罗马,我能够时刻与历史相伴。我甚至都不需要走出自己的房间。只要打开窗门,凝望天空,就能看到天空边缘的融化的城市,看到光明中那一片石的海洋。

"意大利和中国因为艺术而结缘。您知道吗?罗浮宫正在修复达·芬奇的一幅画作,人们发现画中竟镶嵌着微小的化石。

"刘丹是中国绘画史上第一个从西方艺术的源头汲取灵感的大师。他在准备着'第二次文艺复兴'。

"并不仅仅是意大利人。阿拉伯人也曾惊叹于当时的中国。苏莱曼在他的东游记中写道:'这些国家制造的布料在其他地方都找不到。布料是如此轻薄,用这种布料做成的裙子可以穿过一枚戒指。'

"波西纳认为,在中世纪,欧洲和中国一直没有联系。到了14世纪,欧洲和中国再次相遇了。这种相遇表现在了艺术上。这很自然,因为对于所有人而言,艺术都是最容易理解的。但是这次,角色颠倒了:中国艺术在技巧上已经达到了顶峰,而同时期的欧洲艺术却相当平庸。

"13世纪的中国,文化以及宗教哲学体系都已经相当成熟。特别是中国艺术,在来到这个国度的西方人眼里具有很高的重要性。艺术是文化中最可感知的部分。对于一个外国人来说,艺术比宗教、哲学和科学体系都更容易理解。艺术直接依靠感官来制造效果:所以,理解一件艺术作品,观赏者并不一定要掌握创作者所在国的语言,或是了解创作者的历史。

"中国的书法家和画家在创作中都使用相同的工具:毛笔和墨。他们也都使用相同的载体:绢或是纸。正因为如此,中国的绘画总是与书写密切相关,却与雕塑或建筑艺术没有任何关系。这一点,与古希腊或15世纪文艺复兴

第六章

时期的意大利很不一样。实际上，绘画与书写之间密切的关联正是中国艺术史的特性。而发展于欧洲和地中海地区的视觉艺术史，其美学构想在本质上是与雕塑和建筑联系在一起的。在西方艺术的发展史中，透视是一个核心问题，而中国古代的画家却普遍对透视缺乏关注，这恰恰是因为中国绘画与注重透视法的建筑或雕塑艺术并不相通。然而，这也不是绝对的。比如在北宋之后的山水画中，画面的纵深感就得到了精心的设置。此外，还有一种将所有文人乐趣皆融为一体的艺术：园林。本质上，园林艺术是一种整体的艺术，结合了视觉艺术、空间艺术、音乐以及各种感官体验。

"写意而非写实，这是中国画的特点：'中国画往往独立于描绘对象。正如书写的目的在于表达某些想法，中国画也为画家的情感和思想提供了恰当的表达方式。正因为如此，中国画家敢于表现自然中并不存在的事物。'这一论点与苏东坡的一句名言遥相呼应：'论画以形似，见与儿童邻。'"

*

谈话中，主任旁征博引，并时不时起身核对每一句引言的原文。他查阅百科全书,浏览网络,在大开本的艺术类书籍中寻找插图。他认真地对我说:"必须言之有据。宁缺毋滥。"

日落时分,我们谈兴犹未尽,却被一阵电话铃声打断了。主任在烟灰缸里拧灭了他的第三根雪茄。烟灰缸是石头的,颜色很深,放在一摞关于美国当代艺术的书上。临别时,他强调说美第奇别墅里有很多"中国元素",并邀请我和M.在回中国之前与他共进晚餐续谈——"梵蒂冈也对这个话题极有兴趣"。他的助理送我走出办公室。回到房间时,我收到了巴黎副主教的消息。他路过罗马,让我第二天早上就去梵蒂冈找他,又强调我们的会面必须在秘密中进行。

来之前,我并没有预料到此次意大利之行会朝这样的方向发展。我估计M.早已知晓这一切,甚至怀疑她是教廷的代理人,专门搜寻最神圣的艺术品。石头,便是其中之一。它们通过自身的形状、力量、耐心和荣耀,在王公贵族甚至教皇的花园里默默证明着上帝的存在。皇帝和教宗本是同一类人,他们高高在上,就是为了聚集全世界的财富。

M.终于回来了。灯光昏暗的大房间里,我们躺在床上，喝着白葡萄酒。她问我，在罗马的第一天过得怎么样。第一天？是的，她没有弄错。但我感觉自己已置身于光阴之外，不再依附于时间。一瓶酒饮毕，我们仰面倒在天鹅绒般柔软的枕头和床单上，直到夜幕降临。某一刻，我从眼皮的缝隙里，看到一块绝美的镂空的石头，在空中飘浮，在黑暗中闪耀着光芒。

*

"双峰奇石"中的两峰相依在一起，像两个不离不弃的爱人。它们中间有空隙，而底部却连成一体。一峰高47厘米，另一峰则有41厘米。浅色的木质底座上，这两座石峰发出陨石般黑色的光泽。石头的收藏者之一胡可敏将其年代鉴定为15世纪，产地很可能是山东半岛。

M. 把这双峰放在床边的小圆桌上。她睡觉时，一定会在身边放一块石头，作为自己睡眠的见证者。光线暗下来。几百年来，"双峰奇石"一直是藏家竞相争夺的对象。几天之后，一位红衣主教将成为它新的收藏者。

是水孕育了这方奇石。M. 跟我解释说，正因为如此，石头上的某些部分才会如绸缎般柔软，石身才会呈现出青铜色。就像圣徒的雕像，在世世代代虔诚信徒的抚摸下，泛出明亮的光泽。

山东是一个半岛省份。这块石头会来自海底吗？就如多蕴藏于海滨潮间带的崂山绿玉，有着黄色和青绿色的光彩。

*

花园深处，池中的水黑沉得像墨。古时的墨痴，在墨池中洗澡、饮墨。他们希望能用这种方式成为画家，成为书法本身，成为艺术本身。

我们在夜里醒来，一同下楼去花园里散步。M.从我身后抱紧我。她有着路易丝·奥松维尔那样的目光，安静而坚决，让人无法抗拒。这种目光是艺术的最高境界，因为承载这目光的眼睛，不仅仅是眼睛：它们还是一片中国风景。在这片风景里，爱和生命从一开始就存在。死亡，什么也改变不了。它微不足道。石头从不惧怕死亡。花园里耸立着两棵松树，夜空下，树影婆娑。在影子的遮掩里，我亲吻了M.。M.。黎薇。破译的密码。

第二天一大早，我们就走进了罗马的明媚中。在我的记忆里，罗马就是一场光与影的游戏。M.一路兴致勃勃，神采飞扬，一点小事都能让她开怀。我在她身上看到了黎

第六章 >>>

薇的影子，但我尽量不这样想。我们走进一座座色彩缤纷的教堂，有时会碰上弥撒。教堂里的很多物件被信徒视为珍宝，却让我们发笑，比如耶稣会士母堂中的立体画。走累了，我们就在街头的咖啡馆中小坐，有时也会去不起眼的小餐厅。当地人总是乜斜着眼看我们——一个法国人、一个中国人，却互相说英语，真是再典型不过的游客了。意大利的咖啡像石油一样浓稠，像黑曜石一样黑，让我们的心都乱了。不经意间，我们竟走到了斯丹达尔的故居。公寓坐落在市中心一条马路的66A号，很不起眼，但窗户很漂亮。M.告诉我，斯丹达尔是她最喜爱的作家之一，第一次来罗马的时候，她就随身带着斯丹达尔的《罗马漫步》。古罗马博物馆也充满乐趣。我们嘲笑那些达官贵人的虚荣；当年的荣华富贵已成过眼云烟，现在只剩下他们的头颅，扎在铁镐上，受世人冷眼。时间真是一个无情的革命者，它耻笑人类的权力，却赞颂石头的演变。

*

在罗马中央车站，我们竟巧遇了硬石博物馆的馆长。他是中国文人石的专家，这次从佛罗伦萨过来。出于职业原因，他经常在行李里装上几块石头，因此更习惯坐火车而不是飞机。M.之前并没有告诉我,她曾经在他门下学习。车站里熙熙攘攘,M.却一眼就看到了他。他大概六十岁,身材魁梧,风度儒雅。他用意大利语跟M.打招呼,声音低沉而富有磁性。M.微笑着走过去,与他拥抱。我马上猜到,他们之间或许发生过一段故事,但我却装作什么都没察觉。M.神色自若,跟两个情人在一起,并没有让她感到尴尬。对她而言,我大约并没有那么重要。这样或许更好。

    他们相识于十几年前。当时,还在中国美术学院学习的M.前去意大利进修。二十岁的她在硬石博物馆的精工石部选修了几门文物修复方面的课。馆长爱上了这位聪慧的学生。M.以巧妙的方式处理了这段感情,听惯了表白的她并没有将馆长打发走,而是与他保持着暧昧的距离。

    当年的她对托斯卡纳石深感兴趣,她热爱这种石头给人的梦幻之感。托斯卡纳石开采于亚平宁地区,石身上的纹路仿佛逐渐消逝的风景,就像中国的冥想石一样。铁和锰浸透了石灰石和黏土,赋予了它们多彩的颜色,描绘出了奇妙的风景。海洋、岛屿、峡谷、火山、村庄、山脉,都呈现出托斯卡纳独有的亮黄色。M.喜欢用这种石头做成的物品:五斗橱、古玩摆件……她任凭自己沉浸在这铺陈的风景中,进入矿石的世界。第二年,她远赴纽约,帮刘

第六章 >>>

丹举办一场展览。那是2000年,展览在一间专注于陶瓷艺术的画廊中举行,题为"静止的表情"。展出的都是刘丹的花卉画,这是国画中重要的题材。刘丹画花如画石,而他笔下的石则像花一样幽微细腻。他善于表现短暂和持久的物体以及这两者的非永恒性。这场展览让M.深受震撼,她突然明白,时间一直在嘲弄我们——除非进入它的节奏,不管我们是石还是花,是钻石还是双眸。路易丝·奥松维尔的双眸让刘丹着迷,最终成了他一幅名作的题材。风景,藏在石头里,藏在路易丝的眼眸中。只要会看,风景之门就会自动打开。从此,M.就对刘丹的画和无处不在的石头情有独钟。

*

M.向馆长介绍我:一个年轻的法国人,正在中国研究刘丹和石头。当她说出"刘丹"二字时,馆长的眼睛眯了起来,顿时对我产生了兴趣。在他的一再坚持下,M.从优雅的小皮包里拿出了那块将要在第二天卖给红衣主教的石头。从北京到罗马,我们穿过大半个地球,就是为了这块石头。

"您觉得刘丹会同意给它画像吗?"

问题是直接问M.的。一切都明白了。我一言不发。我在石头上游走,穿过它长长的纹理,绕过它被时间打磨、被岁月抛光的棱角。心在漫游,身体却在原地等待。石头的一边刻着几个字。M.大声念着,那是《牡丹亭》作者汤显祖的铭刻。

硬石博物馆以修复和保护硬石领域的艺术品而闻名世界。博物馆馆长此次专程来罗马,正是为了刘丹。他博古通今,在谈话中旁征博引,各种艺术史家的名字更是信手拈来。他本人就在意大利的一所著名大学教授艺术史,美第奇别墅历任主任无一不是他的密友。正因为他的引荐,我们才有幸在那里小住。他人脉极广,在梵蒂冈也不例外。他提议安排我与教皇见面——"教堂之石"。我欣然接受,但最后并没有见。"De fame et siti, frigore et fatigatione, non est numerus"。①不懂拉丁文的人应该赶紧去买一本语法教材,还有菲利克斯·加菲奥编著的字典,然后仔细钻研这门语言。拉丁语是西方文化的熔炉,直到今天,复旦大学还开设拉丁语课,老师是一位来自法国的耶稣会士,我曾在房东的家里与他有过一面之缘。上他的课,学生都很专心。

---

① 拉丁文,意为"无尽的饥饿、寒冷与疲惫"。

第六章

与馆长告别的时候，M.拿起装着石头的皮包，递给了我。如此信任，让我深感吃惊。她希望我保管这块石头。在它属于天主教廷之前，刘丹需要给它画一幅肖像。馆长信誓旦旦地对M.说，这块石头值得主教再等上几个月。一想到能与汤显祖共度一段时光，我心里就溢满了幸福。汤显祖曾是这块石头的短暂拥有者之一。在石头面前，"拥有"二字显得如此苍白无力。它们有足够的时间等待。这就是石头的力量和秘密：完美地安居于时间，而不依附于时间。M.还需要在罗马停留几日，而我没有时间可以浪费：刘丹必须马上看到这块石头。他为石头画的肖像将珍藏于梵蒂冈图书馆的储藏室里，而十份带有独立编号的复制本将加入私人藏家的珍藏。

*

石头是梦。时间回到16世纪末，明朝。17世纪，满人当权的清朝。还有18世纪和19世纪。人跪下了，但石头站着，稳如泰山。它们看着周围发生的一切，其中一些被枪炮、子弹、铁镐，还有人类的愚蠢破坏得千疮百孔，但大部分留存了下来。20世纪，石头采取了同样的战术。

毛泽东也爱石，羡慕石头。人们可以满怀敬意地前来拜访他，但他却静止不动。最后几次官方访问的照片很有意思：尼克松和迷人的妻子帕特亲切、放松，而毛泽东则坐在一旁，脸上挂着微笑，如太湖石般一动不动。1987年，约翰·亚当斯创作的歌剧《尼克松在中国》首演。然而，石头最终会风化、腐烂、坍塌、被遗忘。到了21世纪，高楼大厦像雨后春笋一样疯长。而早在二十四个世纪之前，孟子就已经提醒过我们："助之长者，揠苗者也。非徒无益，而又害之。"算了，没人会听，除了凤毛麟角的几个人：他们信奉无为，小心翼翼地注意着最细微的动静；纹丝不动，却精力充沛。文人的花园，变成了缩小为一粒芥子的微型世界。清康熙四十年，由王氏兄弟编绘的《芥子园画谱》出版。写序之人，正是《闲情偶寄》的作者李渔。这位明末清初的大戏剧家类似于中国的莫里哀，才华横溢，风流倜傥，他的名著《闲情偶寄》更是位列"中国名士八大奇著"之首。在这部奇书中，李渔精确地记录了幸福的千万种秘诀。"贫士之家，有好石之心而无其力者，不必定作假山。一卷特立，安置有情，时时坐卧其旁，即可慰泉石膏肓之癖。"

卢库鲁斯旧花园对于那些曾游历此地的人来说，就是一场清醒的梦。花园里有墨池，松树的枝丫在地上投下剪影，厚密的绿叶里藏着金球一样的橘子，还有几杆翠竹。

将此处更名为"罗马芥子园",实在是恰如其分。我想象路易丝·奥松维尔和安格尔手牵手,在夜深人静的花园里散步。"回到巴黎后,让我们再见面吧。""但怎么见面?""我们就说,我希望为您画一幅肖像。您在头上扎上红色发带,穿上蓝色裙子,我就把您的目光画成最广阔的世界。"

*

馆长邀请M.在罗马的一家著名餐厅共进午餐。不用说,他试图给M.留下深刻印象,她并不感到奇怪。美丽的女人大都习惯受到诱惑。

"博物馆正在收购阮元所藏的一块石头。"

中国文人藏石的雅好由来已久。千百年来,不知有多少目光在它们的纹理、起伏、孔洞中流连。奇石大多供于用珍贵木材制成的底座上;藏家会根据季节或心境有规律地挂上或收起书画,但石头却是永久的装饰品。它们历经岁月的考验,成为文人居所的一部分。这位阮元甚至习惯在各种具有天然图画的石头上题识,就好像它们是纸本或绢本画一样。这是一位快乐的官员,随着调任游览各地。他就这样来到了云南,发现了大理石。大理,与画家达利同音。阮元应该会喜欢这一巧合,因为达利也善于以梦为画。历代文人多爱赏石,而到了19世纪,画石的热情才在文人中扩散开来,蔚然成风。

"您会在这块石头里看到……群山,甚至是朦胧的烟雨。是石头的偶然造就了这般风景;大理石的纹理,就像画家的画笔。目光沉浸其中,创作的元素就清晰可见了。"

他说话的声音很大,语速也快,但用词精准。一缕短发掉落到额前,他迅速甩了甩头。精致的眼镜,直率的目光。他策划了一场展览,题为"想象中的风景"。他是自己领域的行家。M.崇拜他。有一两次,他们的手轻轻相擦,膝盖在桌下触碰,但仅此而已。双方都保持着职业的距离。喝过最后一杯柠檬酒后,他在她耳边说:"让他好好工作,我们需要这本书。"原来,考察我,才是他来罗马的真实意图。

*

我从北京带来了工作所需的物品:布封《自然史》中关于矿物的五卷,我的笔记,还有钢笔。窗外,风景宜人。我感谢上天,总是赐予我极美的窗户,其中就包括看得见哈德逊河的那一扇。那是我和黎薇在纽约的最后一次旅行。

M. 总是在近午的时候离开房间,到晚上才回来。我们以这种完美的节奏,生活了几乎一整个月。晚餐常常在低调而奢华的小餐厅中进行,她总是很优雅,即使身着休闲服。适宜春天穿的裙子,有着轻柔的面料;黑色或深灰色的套裙,或是牛仔裤搭配蓝色衬衣。她很少戴首饰,头发时而用银簪盘成发髻,时而放下,时而扎成马尾。一切都恰到好处。天气很温和,我们有时在露台上用晚餐,石头总是交谈的主题。在无眠的夜晚,云就凝成了石头,飘在空中。它们在空间里留下痕迹,抵抗着时间。是的,云就像石头,难以捉摸,变幻不定。

晚餐结束时,我一口饮尽了白色瓷杯中的咖啡。M. 抽着烟,看上去心不在焉。她双腿交叉在一侧,沉浸在我不了解的思绪中。于是,我们沉默。午夜,罗马教堂的钟声响起。回去的路上,我们有时手牵手,有时紧紧相拥,有时一前一后,相隔数步。没有任何规矩,而这对我来说,刚刚好。

*

四大卷中文版的《追忆似水年华》散落在床前的小地毯上，就像退潮时沙滩上的大块鹅卵石。每晚入睡前，M.都会聚精会神地读上几章。昨晚，它们一定是从床上掉下去了。我没有起身，而是伸出手臂，随意拾起一本。翻开的那一页，写的正好是石头的艺术：

也许，我们周围事物的静止状态，是我们的信念强加给它们的，因为我们相信这些事物就是甲乙丙丁这几样东西，而不是别的玩意儿；也许，由于我们的思想面对着事物，本身静止不动，才强行把事物也看作静止不动。

我放下书，庆幸于这个偶然，更欣喜自己竟用中文看懂了普鲁斯特。在M.的辅导下，我的中文进步飞快。M.不久前才开始读普鲁斯特，她说，这是为了和我在一起。而我则潜心钻研曹雪芹的《红楼梦》。她送给我大卫·霍克斯的五卷英译本，翻译精湛，堪称经典。床很软，枕头很重，棉花很厚。用力呼吸的时候，可以找到我喜欢的味道：一位被爱的女人咸咸的汗味。夜里，我们总是很热。床单带着些微潮湿，阳光让湿气散出。打开窗户，新鲜空气涌进来，吹起窗纱。七点，响起弥撒的钟声。

*

硬石博物馆的馆长也受到邀请，参加在美第奇别墅举行的晚宴。谈话的主题几乎马上就转向了中国和石头。我们谈到一块清代大理石的修复，石上雕刻着九龙戏珠，是故宫九龙壁的复制品。自古以来，龙和石就一起嬉戏。我跟他们说，我常常一大早就去北海公园里的九龙壁前小坐。这座影壁用彩色琉璃砖制成，壁上舞动的五爪神兽象征着王权。我安静地见证着人们的到来：赶早的游客，太极拳练习者，还有相约在这里晨练的老人。九条龙在壁上舞动，色彩鲜明：黄色、蓝色、绿色、深红色。它们缠绕着岩石，在狂暴的浪中，飞过群山，与云天相伴。

在座的宾客就修复中使用的大理石种类以及修复的方式产生了激烈的讨论。M. 光彩照人，她在弹奏的，是她最爱的乐章。

晚宴结束后，馆长邀请我们去他罗马的工作室看一看。书架上，各种矿石样本琳琅满目。藏石与藏书一样丰富，令人惊叹。水银、钻石、金、镍、石墨，白色的文石，珊瑚，金字塔形的淡黄色方解石，蓝绿色的矽孔雀石，还有在阳光下闪耀着光芒的天青石。所有石头都摆放在木架上，铜制的标签上刻着它们复杂的学名。在它们中间，有一块文人石：那是一尊有着白色纹理的黑色灵璧，像蜗牛一样卧放在颜色更深的木底座上。这块石头的中间有一条长长的开口，像极了书法中的一笔，或空间的停顿。这尊灵璧是书架上唯一没有标签的石头。它保持沉默，耐心蛰伏。它没有色彩，又充满色彩。就像宇宙中的一点，就像它周遭所有事物的完美而大胆的综述。在这间光线昏暗的大房间里，灰尘和矿石的味道很浓。我坐在椅子上，沉默不语，心思却以极快的速度在空间中旅行。罗马到北京，只在一瞬之间。我突然理解那些为了一块30厘米高的石头而倾其所有的藏家了：他们送给自己的，是真正的时光机，远远胜过《回到未来》三部曲中的德罗宁跑车，或是赫伯特·乔治·威尔斯最让人难以置信的发明。两天后，我坐上了去香港的飞机，在安卡拉转机，行李里放着带给刘丹的石头。M.则去佛罗伦萨参加一个修复项目，其中涉及的金额足以供她的研究中心购置全新的精密设备。收藏这块奇石的主教坚持要求匿名——那是石头的匿名，是痴迷于此之人的匿名。我有时会想，伊恩·威尔逊、理查德·罗森布鲁姆这些名字，会不会都是假借？懂得让自己被遗忘，这就是石头的全部艺术。石头便是以这种方式，畅通无阻地走过了一个又一个世纪。

第六章

*

石头依周期形成。我们脚下这五亿多平方公里的岩石，成形于近四十五亿年前。地心岩浆沸腾的同时，人们忙着出生、存活、死去。肉身一旦消亡，就会融入熔岩。随着地壳运动，岩石逐渐上升到地球表面，暴露在空气中，承受风化和侵蚀，历经岁月，阳光、风、海、河流、湖泊、冰川、瀑布带来的蚀变。它们从火焰中升起，被大地的起伏运往远方，在百年、千年、万年、亿年的流转中沉淀。对于人类而言，石头的时间是难以想象的，因为我们消亡得太快。石头坚硬、严密。你可以在手心里把玩它们，如果力气足够大，可以用剑将其劈开。如果你拥有更大的力量，则能用目光将它们刺穿。

自汉代以来，中国文人就醉心于石。他们将奇石供于案头，把它们放在用珍贵木材雕刻而成的底座上，为它们取各种雅号，赋予每一块石头独特的个性。

*

我走的前一天，M.突然问：

"你想她吗?"

"谁?"

"黎薇,你的爱人。"

夜幕落下来了。我们在街头漫步,享受在罗马共度的最后一晚。空气很温和。特莱维喷泉。M. 倚靠着我,抱紧双臂,好像有一阵冷风穿过她的身体。我们肩并肩,走得很慢。虽然周围游人如织,我们却还是孤单二人。我没有回答。她靠得更紧了,头发缠在我的围巾上,我的大衣上。她身上散发出一种温暖的味道,就像雍和宫里燃的香。雍和宫是北京的一座喇嘛庙,来意大利之前的一些午后,我们有时会约在那里见面。

"该回去了。"

*

关灯之前,她在自己身边放了一块石头,又拿出另一块放在我的床头柜上。那是一大块紫色的云状石,她说学名叫异极矿。我亲吻了她。她任凭身体滑下,就像穿过云的雨。披散着头发的她更美,半闭着双眼,炙热的嘴唇等待着亲吻,或是被亲吻。所有这一切,都发生在圣彼得的庇护下，在罗马的夜色中。"你是彼得，我要把我的教会建造在这磐石上。"死亡的门，将无法经受住一块投掷精准的石头。我的呼吸短促而深刻，她滑到了床边，仰着头，我继续缓慢地深入她身体温热的皱褶。我想起大卫，只用一小块石头就战胜了歌利亚。这块石头，它在哪里？这块千年的圣物，到底在哪儿呢？M.睁大眼睛，我们的目光交融在一起。她的双眸变了颜色。我用双手抚摸着她的身体，从大腿直到肩膀。她的皮肤如此柔软。乳头是黑色的，就像夜中的两片阴影。大卫投向歌利亚的石头，它们就在这儿，战胜了死亡的门。

第二天清晨，我不可抑制地想念黎薇。M.还在睡。我们傍晚才动身，不急。我置身于两个女人之间，两个世界之间，两个时代之间。我的生命被截成两段，像矿石一样发出虹色。金、银、铂、铜、铋、砷、锑、硫、硫化铅、被梦想长生不老的帝王吞下的朱砂、钴、辉锑矿、黄铜矿、辉铜矿、锂辉石、雌黄、辉钼矿。时间穿过我，一如火焰穿过黄铁矿，穿过几乎百年的针镍矿，穿过从宇宙中迸发而出的硫砷铜矿。一块文人石，放在一张五斗橱上，简简单单，在晨曦的背光里留下寂寥的剪影。生活，我的生活，我们的生活，还有黎薇，都布满裂缝，充斥着透明或不透明的金属的尖叫。

我多想像从前一样,给她打个电话。她所在的城市,已经是午后。她应该在纽约,或是其他地方。厨房白色的餐桌上,一杯茶冒着雾气。我喜欢她在电话里的声音,紧贴着我的耳朵。我会跟她讲一讲这次旅行。罗马,中国。她或许会笑我。她会给我讲她的排练,莫扎特,巴赫。然后我会挂掉,不假思索地将服务员送上来的黑咖啡一口饮尽。M. 起床了。她很快穿好衣服,是一件简单的蓝黑色裙子。我听到门关上了。她下了楼,没有等我。我留在房间,独自一人,目光停留在那块云状的石头上。它的形状很像大脑,或者,大脑的形状很像它:一块运动中的粉色石头,满是纹理,有着完美的解理。

在罗马的最后一天,我没有出门。M. 和平常一样赶去赴约。阿尔法尼大街。她坐上了一辆出租车,又想起昨天晚上。她不明白,自己到底是被这个男人身上的哪一点所吸引。是因为他也热爱石头吗?还是因为他像泥石流中的水一样,一直在逃离?昨夜的他,仿佛走出了时间。他的欲望如此强烈,让想要理解一切、掌控一切的她很是吃惊。黎薇,当然。父亲谈起过她,跟她讲了一大堆道理:"他来中国,是为了写刘丹和石头,不是来跟你结婚的。你怎么做我不管,但不要伤害他。" 9·11

第六章

发生的时候,西方的报纸提到了黎薇:恐怖行为最好的见证人。她成了9·11恐怖行为反爱情、反音乐的象征。前天晚上回去的时候,M.没敢跟他提起这些。黎薇二字,化作一股奇怪的风,穿透她的身体。她凝固了,石化了,像是害怕伤害一个秘密。但她爱他。并非一见钟情:看到他拖着疲惫不堪的身体走下飞机时,她根本没想到自己会爱上他。然而,一点一点,这个埋头写作、晚上出门、研究石头、深得刘丹信任的人,走进了她的心。今天,她知道她爱他,胜过一切。或许也胜过石头。在爱情面前,石头什么也不是。

下出租车的时候,她的头发还是湿的。湿的头发显得更黑了,发出石油一般的光泽。她早上匆匆离开,没来得及把头发吹干。昨晚,他的最后一句话让她很伤心。"是互道再见的时候了。"什么意思?她小跑着穿过街道。门开着,她疾步走进庭院。阳光胆怯地洒下,落在螺旋楼梯的大理石台阶上。缺水的花,一只受惊的猫。从来都不慌不忙的她,此刻却三步并作两步地跑上楼梯。她认识这个地方。

这是一间两百多平方米的公寓,窗户很大,但百叶窗都关着。给她开门的是美第奇别墅的助理马修,他也在硬石博物馆工作。马修长着一张娃娃脸,却是石头艺术品修复方面的专家，时常在罗马和佛罗伦萨两地奔波。斐迪南一世·德·美第奇之后，硬石博物馆就存在了。M.此次前来，是为了更仔细地观赏馆长那天晚餐时给他们看过的石头。她坚持要在去罗马之前再看一眼。

"他没跟您一起来？一切都好吗？"

"他在收拾行李，今晚就坐飞机回去。他对项目很投入。"

"您知道，这很重要。"

"我知道。"

"项目"就是我正在写的这本书。关于刘丹的消息很受瞩目，不仅仅在中国，在罗马也是如此。我刚刚才得知，博物馆主管档案的主任也为我的研究提供了一部分资助。他与好几位同仁都认为西方低估了中国文人石艺术，并为此深感惋惜。展览的受众面毕竟有限，当务之急是出版一本书，真正把石头艺术引入西方人的视野中。当然，也有经济上的考量。马修跟M.解释了博物馆主任的担忧：经济危机、订单减少、私人资助合同的中止……出路或许在中国。马修坐在扶手椅上，M.则坐在他对面的一张装饰艺术风格的小沙发上：

"我们需要这本书。"

"他在写。他早上写作的时候坚持一个人待着。"

"看看能不能复印一份他的笔记。有没有手稿？"

"有。我看到过,本子的封面是紫红色的,很薄,字迹很难辨认。"

"刘丹呢?他是怎么想的?"

"刘丹信任他。他明白。"

"那刘丹为什么不给他更多的采访机会?"

"刘丹有太多工作,没时间在记者面前指手画脚。"

"我懂。但是为了这本书,刘丹同意跟他见面了?"

"是的。我跟您说过了:刘丹信任他。"

"M.,你好像爱上他了。"

她没有回答,这就是默许了。她竟如此软弱,连她自己都感到吃惊。马修喝了一口冰水。罗马市中心的这座公寓里静悄悄的,目光所及之处,全都是艺术品:浮雕、小型和中型雕塑、挂在墙上的织锦,地上则铺着大理石和马赛克地板。公寓里也有更近代的作品,新艺术风格的家具上画着飞翔的鸟和色彩鲜艳的花朵。M.就她感兴趣的物品做了些笔记,好像什么也没有发生。实际上,一场风暴正在席卷她的心。

出门的时候,M.在壁炉前停下了脚步。壁炉的表面完整地铺了一层孔雀石,这单斜晶系的矿物在光线的反射下熠熠生辉。一道阳光刺穿百叶窗,把它变成了绿色;暗处,它又变成了黑色。矿物和石头最喜欢跟光线玩捉迷藏。公寓里很闷,许久没有通风了。这些艺术品盘桓在时间之外的时间中,仿佛在等待只属于自身的时刻,就像壁炉在等待火和热。她还是她,和以前一样。从今以后,她就是一块正在熔化的熔岩。石头也可以燃起火焰。刘丹曾长久地观察一支蜡烛的火焰,只为理解风景的结构,即石头的结构。

*

在房间收拾行李的时候,我接到了一个来自巴黎的电话。一位朋友听说我在罗马,在电话里责备我不辞而别,音信全无。我一点都不想解释,一点都不想回过头去解之前生活的方程。黎薇会和我在一起,我们也会像今天一样来到罗马,一起去安德森博物馆,她是那么喜欢那里的橙红色和谐调的四层楼。然后,我们或许会一同去西班牙广场逛逛,再去参观济慈和雪莱纪念馆,穿过万神殿的眼洞窗看天空。在那座改建为教堂的寺庙顶端,眼洞窗就像光明的眼睛。走累了,我们就去听听弥撒。黎薇的朋友会带我们去梵蒂冈的花园里散步。如果时值春天,还能闻到甜橙树的清香。黎薇,你真的走了吗?

我能感觉到电话那头的尴尬。朋友一定以为我抑郁、狂躁,变成了一个精神分裂的自我放逐者。他担心我的心

第六章

理健康，一定在想，一个漂亮的中国姑娘对我下手了（说得没错），骗取我的钱财到欧洲旅游（这里，他猜得不太对）。北京，还好。但北京、罗马、香港……这就太过分了。他不再相信我所说的一切，坚信我郁闷到了极点。算了，他抱歉地说，他什么也做不了，他帮不了我。然而我并没有寻求帮助。我累了。我要走了。我会打给你的，一定。然后我们挂了电话。

我躺在床上，任思绪漫游。我想到刘丹。只有他找到了真正的自由：置身于石头亦快亦慢的时间里的完美的孤独。此刻，他正在北京的一场不引人注目的拍卖会上，拍得了一本关于古代中国青铜器铭文和纹饰的书。三个世纪以来，这本书在最卓越的藏家手中流转，如今的价格已超过一百万美元。现在，这本古籍来到了刘丹的书桌上。又一次时间旅行。刘丹从一段岁月航行到另一段岁月，从不停歇。他在不同的时代之间自由穿梭，但所有时代都向他聚合。他知道，除了他自己的现实之外，并不存在其他的现实。我的心头一阵震颤：活在过去有什么用？像我现在这样纠缠于黎薇，纠缠于9·11，纠缠于所有那些伤害我们的意外上，又有什么意义？恐怖分子的飞机撞入了双子塔；纽约市中心的两座高楼倒塌了，重又变成石头，化为尘土，成为黑洞，光明将在黑暗中重新诞生。我开始想念中国了。

第七章

　　飞机座位前的小桌板上,摊放着中文版的普鲁斯特著作,书页被我头顶上的小灯照亮。在相当长的一段时间里,中国只有极少数法语专家能够读懂普鲁斯特。对《追忆似水年华》的第一次集体翻译,可以追溯到1994年。之后,逐渐有了其他的译本。越来越多中国读者尝试阅读《追忆似水年华》,因为这本书让他们想到了自己国家的名著,特别是《红楼梦》。关于《红楼梦》作者曹雪芹,我们知之甚少。现代人所了解的,只有他出生和去世的日期:1715年生于南京,1763年卒于北京。曹雪芹书中的主人公名叫宝玉,一块无才补天的顽石的化身。《红楼梦》

第七章

原名《石头记》,英文译本也保留了这个名字。你正在读的这本《石头新记》,标题可不是随便取的。让我们听一听那些认识曹公的人是如何描述他的:

其人身胖头广而色黑,善谈吐,风雅游戏,触境生春。闻其奇谈娓娓然,令人终日不倦,是以其书绝妙尽致。

这番话出自裕瑞的《枣窗闲笔》,我在去香港的飞机上翻阅了这本书。的确,曹雪芹在一生中遭遇过很多困难,包括家族的颓败。曹家曾经与天子关系密切,之后却家道中落。为了生存,曹雪芹开始画石头。卖画的同时,他又将作品慷慨赠予自己的朋友,比如诗人敦敏。我给这本关于刘丹的书取名为《石头新记》,是希望向所有喜爱玉石之人致敬,因为他们即使遭遇困难,也不会陷入绝望而抛弃自己的家庭。他们知道,爱可以拯救一切。我当然不会和《红楼梦》里的主人公有一样的结局。红学书籍可谓浩如烟海,繁如牛毛。根据红学家的研究,宝玉最终飞遁离俗,成了和尚。

普鲁斯特的书页上满是注释。M. 在看书、读报、阅读销售说明书的时候,习惯在手里拿一支笔。书的边角损坏了，封面上有一道深深的折痕。为什么要带上这本书的中译本？我想，这本书就像一个吉祥物，是我把M.带在身边的一种方式。飞机飞过欧洲大陆。我想得到幸福，只要幸福。M.留在意大利。她明白，我需要独自在石头的中心前进。

她第一次跟我说她喜欢普鲁斯特的时候，我都没怎么听。在罗马的时候，我发现她每天晚上都沉浸其中，甚至在喝过酒之后，在做爱之后。有一天她对我说，这几卷书就像石头，就像刘丹的作品那样，让她着迷。每一卷书都有它的弱点，它的伤口。M.如此完美，我很难猜到她有什么伤口，但她找到了与恶魔搏斗的武器：石头、刘丹，还有普鲁斯特。我崇拜那些为了不落入遗忘、悲伤和失败而与自身永恒抗争的人。相比于颓败的"红楼"，他们更喜欢"石头记"。

*

此刻，刘丹正赶赴香港参加一场备受瞩目的拍卖会。我得去那里找他。拍卖会吸引了很多西方的艺术史学家，比如苏立文，他出生于1916年，已年近百岁，这次特地从牛津赶来。1962年，苏立文的论著《中国山水画起源》由加利福尼亚大学出版社出版。他不仅是一名艺术史学者，也是一位著名的藏家。刘丹本可以派助理去香港，这次却亲自前往，就是为了与苏立文见上一面。他们之间建立了长久的文人友谊，没有缠绵的私情，却非常注重细节。这或许也是刘丹表达感激的一种方式，因为苏立文曾为他的展览目录写序。那次展览在贝聿铭设计的苏州博物馆新馆中举行。罗浮宫前的玻璃金字塔就是贝聿铭的手笔，他还设计了集美博物馆的内部翻新。这位祖籍苏州的美国建筑师对中国传统文化怀有巨大的热情，他对刘丹的作品推崇备至，也就不足为奇了。

*

我坐在商务舱，周围的人都忙忙碌碌，面无表情，仿佛时刻准备好从一个世界奔赴另一个世界，以赚到更多的钱。在他们当中，有多少人会对石头感兴趣？一杯香槟之后，我对自己说，每个人都有权过自己想过的生活，这无可厚非。我的视线开始变得模糊，在酒精的作用下，普鲁斯特的书页逐渐幻化成被风轻抚的温柔潮汐。我缓缓下沉。

醒来的时候，机舱里一片黑暗。我瞥见一两盏亮着的灯，但大部分人都在熟睡，或是假装熟睡。我在机舱里走了一圈，活动了筋骨，然后喝下空乘递过来的水。"飞机上要注意补水。"我向她微笑，感谢她的宝贵建议，然后回到座位上。我拿出本子，继续写这本书。我感觉自己经历的每一件事情都有其独特的重要性，就像构成石头的每一个部分一样。写作，也是抵抗黎薇的一种方式。她无时不在，无处不在。只需一秒钟的走神，我就能看到她。她的头靠着我的肩膀，一缕发丝掉落在脸颊下，随着呼吸轻轻起落。长途飞行让我产生了不同的错觉。我的呼吸变得沉重，焦虑攫住了我的胸膛，皮肤上渗出黏黏的汗。我侧过身，小心翼翼地亲吻黎薇，生怕把她吵醒。她的嘴唇干燥而冰冷。我再次亲吻她，直到她的双唇被暖热。

平静下来之后，我从包里拿出平板电脑，想换换脑子。我下载了一些经典作品，其中也有法语原版的普鲁斯特著作。我随意翻到了这一段："在我们相继爱恋的各个女子之间，总存在某种相似之处，虽然也有所变化。这种相似，与我们气质的固定化有关系，因为这些女子是我们的气质所选择的。"有多少次，我打开心爱的书，只为寻找一个答案，并且最终找到了这个答案。置身于海拔一万多米的高空，在飞机穿过时天空变成的抽象空间里，我再

第七章 >>>

一次感受到了文字奇异的魔力。我一阵眩晕。手中的平板电脑突然重如千钧,我慌忙把它放在仍摊开着普鲁斯特中译本的小桌板上,把头仰靠在座椅上。一阵尖利的疼痛侵袭了我。它潜入我的头颅,我能感觉到它正沿着我大脑的山峰和谷地飞也似的滚落。或许是因为补水不够?或许,我应该更认真地遵循空乘的建议?我甚至不能动弹。黎薇的身影再一次出现了。她还在睡,但这一次,她的眼睛睁着,那一丝头发粘在她干燥的嘴唇上,不再被一丁点的气息吹起。我痛极了,那是一种新的疼痛,一种我从未体验过的疼痛,就像在酸水中渗入石灰石。一切都凝固了,僵硬了,石化了。我变成了千吨重的岩石,沉在海的深处。

*

年迈的普鲁斯特在病床上溘然长逝,像教堂里的一尊卧像。他石化了,将生命的所有元气精华都注入了作品中。他的房间铺着软木墙板,氤氲着烟熏的味道。置身其中,连呼吸都变得困难。无知者和嘲讽者往往是同一批人,他们不屑地把《追忆似水年华》斥为"砖头"。不难想象,塔利班在炸毁巴米扬大佛时,也在谈论石雕。还有巴黎圣母院,是否仅仅是石块的精密接合?建造在大理石平台上的北京天坛,是否任何一个暴发户都能复制?石头,永远都不仅仅是石头。的确,《追忆似水年华》是一块"砖头",就像圣马可广场上大小不一的石砖一样。石的寓意浇灌了普鲁斯特的创作。记忆的沉淀,生命的矿化,皆以写作的方式传达,时而如岩浆般喷涌而出,时而像地心引力一样缓慢而坚定。人们拍下了普鲁斯特在病床上逝去的瞬间:一块石头。

*

当机舱的灯光亮起,空乘端上早餐的时候,我惊奇自己竟然还活着。一觉醒来,疼痛消失了。我试着回忆到底有没有做梦,但一阵尖利的头痛再次袭来。我喝下空乘发的那一小瓶西藏矿泉水。飞机缓缓下降。

在罗马的最后一夜,M. 对我说:"石头、刘丹、普鲁斯特、时间之外的时间,就像是音乐——这些都密不可分。"

第七章

*

酒店大堂里，刘丹耐心等待着。这里正在举行一场佳士得拍卖会，这也是中国藏界十年来规模最大的拍卖会之一。刘丹与苏立文对坐饮茶。这两个朋友之间始终保持着"君子之交淡如水"的距离，仿佛小心翼翼，不在无谓的社交中白白耗费精力。

*

拍卖会专注于石头，还有石头在东西方各个时期艺术中的表现。会场里有美国人、欧洲人、少数阿拉伯人，还有很多日本人。其中就有舞蹈家大野一雄的儿子、舞踏的继承人大野庆人。

20世纪50年代的日本，面对原子弹带来的恐惧，所有人都茫然失措。为了表达无法表达的东西，一种新的艺术形式诞生了：暗黑舞踏。

*

大野一雄于2010年6月去世。黎薇曾经和摩斯·肯宁汉一起,在东京拜访过他。她跟我讲述了这两位当代舞蹈天才之间的秘密会面。虽然演出日程繁忙,黎薇还是接受了摩斯·肯宁汉的邀请,陪同他去东京。她很欣赏肯宁汉的一些作品,特别是与作曲家约翰·凯奇合作的那些。黎薇也是这个小圈子中的一员,他们都叫她"古典仙女"。

两个人在银座漫步,接着在涩谷的鱼市度过了一个奇异的下午。肯宁汉跟黎薇解释说,他用《易经》来决定编舞的最终版本。《易经》,这古老的占卜工具,语言之前的语言,文字之前的文字,在阴阳二爻的简单交替中连接着人类和宇宙。黎薇很喜欢听肯宁汉讲他年轻时候的事情。她一直都是一位很好的倾听者,一个知己,一个仙女。肯宁汉说:"这比看上去的要严肃得多,亲爱的黎薇。我想在舞者心中创造出一种不确定的感觉——必须失去稳定,才能在自身发现真正的平衡。《易经》让我得以创造出新的序列,而这种创造是由我意志之外的能量来决定的。"

他们有四天时间。我记得肯宁汉当时需要见一位日本的官员,去领一个奖章还是其他的什么荣誉。他的事业正如日中天,黎薇也是。我想起当时她的经纪人曾建议她在城市最好的音乐厅里开一场私人演奏会;她拒绝了,却坚持去见音乐学院的学生。她最爱音乐学院里钢琴、小提琴和人声混合的音阶,还有各种音符的飞跃。她把这叫作"音乐家的调色盘"。直到今天,挂在学院墙壁上的照片仍然见证着这一次到访。照片上,黎薇的金色长发在阳光下熠熠生辉,身旁的肯宁汉一袭和服。两个穿着制服的日本学生跪坐在榻榻米上,面前摆着一张矮桌。他们的笑容很古怪,但黎薇的眼睛却闪耀着光芒,那是连陈年旧照也无法减弱的光芒。

*

当飞机掠过高楼时,我心想,死亡是一种恩宠。死后,我就可以和黎薇重聚,我的灵魂就可以安眠。M. 将接替我,完成对刘丹和石头的研究。

＊

香港是一座电子仙境，有着空中扶梯和一到夜晚就发光的人行道，很像东京。肯宁汉去见大野一雄时的心情，一定和我去见刘丹时一样。那是一个通往他者的入口；另一端的世界在一双目光的注视下，不断更新。那双目光无比锐利，摆脱了所有地理和时间的束缚。我热爱肯宁汉的作品，但也曾在一次由黎薇安排的午餐上对他直言，他太过于追求当代性，以致将自身禁锢其中。大野一雄则不拘于任何流派，他创造了一种个人的艺术，既不走日本的老路，也不辟西方的蹊径。黎薇曾在英国广播交响乐团劳伦斯·福斯特的指挥下，"弹奏"过约翰·凯奇的《4分33秒》。4分33秒被音乐家汲取的寂静。这是她演奏过的最难的音乐会之一：在4分33秒的时间里，抵抗着小提琴，抵抗着琴弦和琴弓的呼唤……肯宁汉告诉黎薇，约翰·凯奇在求学期间曾上过日本禅学大师铃木大拙的课。铃木大拙，无为的先知。

第七章

*

自从有了巴塞尔艺术展，香港就变成了收藏家的蚁穴、亿万富翁的蜂巢。如果这些人决定凑份子，一定能轻易还清第三世界的债务，而不改变他们晚餐的菜单。这个隐秘的世界沸腾着、激动着；人们穿上最漂亮的西装，乘坐私人飞机、游艇、直升机、豪车奔赴而来。是石头让这些人相聚在一起，他们希望从石头上获得最大的利益。展厅里，石头成了具象的完美。其中有不少来自皇家珍藏，吸引过中国艺术史上最赫赫有名的大家的目光。它们安静地立在底座上，像物质主义一样具象，做着静止的运动。它们就像宇宙的分子，呈现在人们面前，只为在短短一瞬间被他们凝视。在东京时，肯宁汉说："我想要的，是以静为动。"这就是他如此珍视此次约见的原因。当时，大野一雄几乎已经完全不动了。或者说，以另一种方式在动。而肯宁汉不惜一切代价想要理解的，正是这另一种方式。大野一雄从横滨上星川站来东京，会面在他的一个学生家里进行。住宅楼是一幢钢筋混凝土大厦，设计成抗震的柔韧结构，可以随着地壳起伏而不坍塌——一块供人居住的巨大石头。

站在客厅的落地窗前，可以俯瞰整座城市的风光。翻译是一位西装革履、不苟言笑的小伙子，在大野一雄的耳边低声解释肯宁汉和黎薇说的话。大野一雄说出的每一个字都发出金石般的回声："你必须让身体里的尸体起舞"，抑或，"现在，跟我一样，静止不动"。肯宁汉从未公开谈过这次会面，因此很少有人知道他与大野一雄谈话的细节。然后，肯宁汉也与世长辞了。香港的这场拍卖会，再一次证明了没有什么事情是偶然发生的。在东京时，肯宁汉和黎薇见到了庆人；正是这个年轻人把他们一直带到了大师的卧室。而此刻拍卖会现场的庆人，光滑的面孔上几乎看不到岁月的痕迹。他走过来，跟刘丹打招呼。约翰·凯奇是否已经在《易经》的帮助下，预料到了这一切？

*

凯奇—肯宁汉的年代是黎薇人生中最美的岁月。她尝试一切，想要理解一切，超越一切。她不再拉小提琴，而是用尽全力去舞动它。凯奇的和弦和肯宁汉的跃动，在黎薇身上回响。在巴黎时，她没跟我说就买下了蒙马尔特高地后面的一间公寓，还购置了家具。我站在楼梯上，她大

第七章

开着门,一边笑一边对我说:"我的单身公寓!"

为了去看我想不起名字的哪场戏、哪棵树、哪个喷泉、哪件雕塑,我们会穿越城市,翻过围栏。我开着黎薇租下的敞篷车,载着她在路上狂奔。一个春天的夜晚,大概凌晨五点,几瓶酒后,她说想带我去布拉格看看卡夫卡的故居。说走就走。第二天正午刚过,我们就进入了摩拉维亚的乡村地区。一路上都是绿色、黄色和红色的房子,直到布拉格。黎薇充满活力,朝气蓬勃。捷克之行的几个月后,黎薇出了事故。事故并不严重,但当我接到警察的电话时,心脏还是差点停止了跳动。黎薇,我的黎薇。在讷伊市美国医院,我发誓再也不让她受到一丝一毫的伤害。主任医师在交谈的最后叮嘱我说,一定要留意她的行为,哪怕是最细微的细节也不要放过。黎薇得了脑震荡,虽然轻微,但"后果不可预见。建议她少出差,保重身体"。

*

墓石。在他舞者的一生中,大野一雄从未停止悼念他死去的妹妹。化装成尸体搏命而立,踩着衰老的舞步,直到接近静止,脖颈前伸,目光钉入黑暗——所有这一切,都来自未完成的哀悼。在这场哀悼中,日本意识到了原子弹的冲击,而整个世界则感受到了现代化的冲击。在香港,庆人低调得如同任何一位认真的买家。只有自吹自擂的无知者才会炫耀财富,真正的藏家从不刻意吸引别人的注意力。他们既没有跑车,也没有奢侈腕表,更不会对酒店的员工颐指气使。他们安静、简朴,只专注于自己渴望已久的那一两件拍品。

拍卖会开始了。拍品琳琅满目,令人目不暇接。刘丹坐在会场侧面的一排,他此行的目的是拍得一本关于青铜器铭文和纹饰的古籍。书共有十卷,历史可以追溯到13世纪,曾流转于最著名的藏家之手,且每位藏家的笔尖都在书的边缘留下了痕迹。他叫出了最高价,会场众人为之震动。庆人坐在最后排;就像所有内行的藏家一样,他还在等待他的"那一件"。他只为这一件而来,不计代价,志在必得。石头、书画、古籍、毛笔……庆人直起身,面无表情,目光炯炯。当那块石头出现的时候,他的瞳孔骤然收缩。身体仍保持不动,但心脏和血液里却突然充满了氧气。

"这件太湖石的起拍价为三万美元……清乾隆时期,它曾属于皇室藏品。国民党军队逃走后,人们在运往台湾

第七章

的货物中找到了它。在台湾，它被一位日本的匿名藏家买走。然而，它的第二位持有者不是别人，正是闻名世界的日本舞蹈家大野一雄，也正是他把这件太湖石转赠给了它最后的持有者。我们会把这位持有者的名字透露给买家。"拍卖师的眼神锐利地扫过全场，木槌悬在桌上。庆人这次来香港，就是为了拿回他父亲的一件财产。一块石头。完美的象征。石之舞蹈。决不能将静止与运动对立：一块石头可以合上坟墓，也可以撞击另一块石头，成为宇宙的起源。

此时，M. 在佛罗伦萨，正忙着修复从东亚挖掘出来的一系列文物。浮雕、小型雕塑、散落的断简残篇。晚上，硬石博物馆的主任邀她共进晚餐。她一袭露肩晚礼服，光彩照人，颈间的红珊瑚项链有点太紧了。

"您知道刘丹在哪里吗？"

"知道，在香港那场拍卖会上。"

"他有拍品要竞拍吗？"

"十卷关于青铜器铭文的古籍。这是全世界最稀有的书之一，中国的两个皇帝和三个著名藏家曾批注过。"

"一定价格不菲。"

"当然。"

"多少？"

"保留价没有公开。您应该比我更清楚这一切会怎样进行:交易将直接交给拍卖师。他会打开小信封,读一秒钟,然后接过助理递给他的电话,最后落槌:成交。"

M. 这个专家可不是白当的。她抗拒人人戴着社交面具的艺术品交易圈,但同时又在其中游刃有余。

M. 在夜深时回到房间。自从他走后,她就睡不好,总是失眠。她穿上质地轻柔的丝绸睡衣,窗外,第一缕晨曦已经在轻抚阿尔诺河中黑沉的河水。佛罗伦萨的太阳总是很早升起。她坐在窗边,默默祈祷,闭上眼睛,双手合十,默念中文的《天主经》,然后睁开双眼,在胸前画着十字。她倚着窗,凝望这简单而和谐的美。如果不是因为石头这项使命,她或许再也不会离开这里。她的目光消失在拂晓中,天空亮起来了。酒店的位置很好,第二天早晨,她会去阿尔诺河另一边的大花园散步。

*

香港总是能勾起和黎薇在一起的回忆。她曾受邀去那里演出,清晨一醒来,房间里就回荡起她银铃般的笑声,还有琴声。有时,她只拉几分钟,喝一杯咖啡,然后再笑,无尽的好心情。或者,她拉起小提琴就停不下来。这

第七章

时候的我往往会离开房间，因为再也不能忍受这不知疲倦的反复，一个乐章接着一个乐章，直到发疯，就好像她试图刺穿一个秘密，试图听到音符之外的音乐。

我喜欢香港，特别是城市中无处不在的大自然。我想起在太平山上的那次不可思议的远足；从山顶走下来的时候，我们与摩天大楼比肩，但满眼皆是绿树、青草，满耳皆是昆虫的低吟。夜晚的都市灯火辉煌，高楼大厦傲然耸立，像纽约一般。从港口出发，人们可以乘船去岛上。

*

拍卖会的第二天，刘丹已经准备好了。我们跟画廊的几个朋友在坪洲岛和长洲岛上度过了一天，回到中环。

"我想送您一样东西。"

我问他是什么。他递给我一只小巧的长方形盒子，我打开，简直不敢相信自己的眼睛。那是一支极漂亮的钢笔。我连忙道谢，他却说还有东西要送我，然后递给我另一只盒子，里面整整齐齐地装着一百多管墨水。

"这是清乾隆时期的墨。我把它稀释了，放在管中，用起来更方便。这样您就能用真正的中国墨写字了。它等待和纸相遇，已经等了三个世纪。"

起风了，海上的湿气越来越重。船靠岸了。我回到北京，继续写作，用18世纪的墨。

*

再一次，形单影只。幸好红叶在家。我听到她静悄悄的脚步声。屋子的隔音效果很好，任何声音都无法渗透进来，只是偶尔能依稀听见街上的一些喧闹声。庭院里，小狗也保持安静。只有那座太湖石在运动，它尽全力舞动着，像大野一雄那样，缓慢而克制。在中国艺术中，毛笔也有着同样的品质：运笔时快时慢，时而连续，时而叠加，赋予了书法顿挫有致的美感，一如书法家和画家悬停在宣纸上方的手腕。笔和石分享着运动的秘密；这种运动真实、隐秘。人类这个执迷于飞机、汽车、摩托车、通信信号的物种，显然没有吸取教训。

"我的手生来就是拿毛笔的。我从四岁就开始写字，十二岁时开始画画。我手上的骨头已经适应了毛笔，适应了这种执笔的方式。"

我把刘丹的这句话记在笔记本上。手上的骨头。腕和掌骨，能够握紧而成弯曲的形状，留下手心的空洞。在这空洞里，可以放下一颗小小的李子。第一节指骨，第二节

第七章

指骨，第三节指骨。骨与骨之间的狭窄间隙形成了关节，而关节的灵活性决定了毛笔在纸上的走向。毛笔，便是以这种方式塑造了刘丹的身体，让他的精神得以进化。水流过石头，就像能量流过手掌、手腕、手臂、肩膀，穿过静止地运动着的整个身体。

后来，天上开始飘下雪花，就像冬天。的确是冬天。鹅毛般的雪花漫天飞舞，落地后会停留一阵，然后融化。我朝故宫走去。第一次去的时候，我就梦想过大雪覆盖下的紫禁城。广场上闪耀着白色，行人在雪地里留下脚印。我走向宫苑深处。雪下，周围一片静谧。御花园里，雪覆盖着的石头就像座座山峰。我想起和黎薇一起去科罗拉多滑雪。冰川和山坡夹在峭壁之间，崇山峻岭无比壮丽。黎薇戴着青绿色的羊毛围巾和帽子，把自己裹得严严实实，只露出两只爱笑的眼睛和几缕头发。我独自走着，穿过楼廊院落、重重宫苑。一个人，脚步越来越轻巧，心中越来越宽慰，好像突然充满了莫名的幸福感。是因为雪的洁白和逐渐暗淡的光线，还是因为我正接近死亡，而这终将成为一场解脱？雪下的飞檐向天空翘起，如鸟展翅。雪越下越大。几片雪花掉落在我皲裂的嘴唇上，很是凉爽。剩下的雪花，掉落在青铜缸上，掉落在龙雕和石狮上，掉落在大理石上，掉落在被千百万人抚摸后变得铮亮的栏杆上。这千百万人，从皇帝开始。曾几何时,天子伫立雪中,凭栏远望。

*

有时我会想,到底是什么奇异的恩宠降临在了我身上,让我来到这里?从香港回来后,我就不再用电脑,甚至不再查邮件。我开始手写,用刘丹送给我的钢笔。我在美术学院对面的专卖店里买了一卷数米长的宣纸,在上面写作。美国的"圣人"杰克·凯鲁亚克,就是在类似的卷纸上完成了《在路上》。在卷轴上书写,以中国的方式。房东决定把我写完的卷轴放在大书房的黑暗中。

卷轴的格式很完美,因为从此以后,我就一发不可收。老普林尼、布封、石、画……一切都触手可及。刘丹借给我他在1994年所画的太湖石,水墨纸本,40厘米乘以40厘米。他说,这是为了我的书。我没有回答,怕让他失望。早上一醒来,抬眼就能看到这块石头。它铺展开来,就像用慢镜头拍摄的爆炸冲击波,像一种化学沉淀物。画卷上的石头,轻巧如烟。石的上方是密密麻麻的题字,下笔毫无阻滞、一气呵成,俨如铜板雕刻,艺术家高超的技艺由此可见一斑。题字的末尾,盖着红色的印章,句号一般。这微小的正方形并不起眼,却像一个按钮,按动它,

第七章

就能打开秘密之门。

  我很清楚节奏的重要性，因此近乎严苛地安排作息。早上四点起床时，天还没亮，庭院沉浸在夜深处柔软的黑暗中。我神清气爽。身体为何物？是什么让我们区别于其他事物？我们的局限如此明显：身高、体重、行动能及的范围，以及对其他人的影响力。人和石头并无太多不同，除了我们的作息时间、纪年方式，还有对时间的依恋。人，后来在意岁月的流逝，在意时钟的滴答，时间就是生命本身。因此，我严格安排自己一天的活动。迅速用冷水洗漱之后，四点半开始写作，直到中午。我以笔墨书写，这种姿势很完美。我的笔在纸上滑动，纸页上写满了汉字。中午，我会按时吃饭并午休。下午留给散步，傍晚时常和刘丹一起度过。他在准备伦敦和苏州的展览，打算整个冬天都待在北京。每天，我们都会在他家见面：楼下的对讲机，然后是电梯。每次我到他门口的时候，双层防盗门总是虚掩着。我以最敏捷的方式侧身钻进去，在客厅的茶几前坐下。这张长桌，就像一条飞毯。我们沉默着抽烟，很少说话。四周环绕的，都是从古老的时光中迸发出来的珍宝。刘丹为我沏茶，拿出古籍给我读。我在笔记本上誊写古文：有着瘦长弧线的甲骨文、金文、大篆、小篆、隶书。刘丹跟我解释书写的含义。对他而言，书写是记录时间的一种方式。钢笔轻巧，顺手，仿佛为我量身定制。握着它，我就赢得了三个世纪。用它写作时，我时常文思泉涌，下笔有神。溯流而上，朝向更深处，一层又一层，最终到达时间的内核。我发现自己就是一块石头，并且能够围着自身这块石头旋转。运动悄无声息地进行，无处不在，隐藏在每一个物体后面，每一件家具后面，比如这张高高的桌子，这件线条简洁的五斗橱，这扇装着檀木窗格的窗户，这张放着几卷《自然史》的矮凳，还有这张带天盖的镂空雕花窄木床。

也许，我们周围事物的静止状态，是我们的信念强加给它们的，因为我们相信这些事物就是甲乙丙丁这几样东西，而不是别的玩意儿；也许，由于我们的思想面对着事物，本身静止不动，才强行把事物也看作静止不动。①

必须深入西方、中国、印度、日本的藏书，并时刻小心，别让思想静止不动。

---

① 普鲁斯特《追忆似水年华》。

第八章

时间回溯到12世纪，宋徽宗凝视着从太湖平静如镜的水面上升起的巨石。他不会被权力蒙蔽双眼，因为他很清楚，石头的寿命比他长。当时，都城迁到了南方。湖是天空，石头是星星——颠倒的占星术。记得还在上学时，母亲让我一遍一遍地记诵星星和沉积岩的名字，就像冗长而诗意的祷文。宋徽宗知道石头的名称吗？当然。他是一位极富才华的艺术家，却也是亡国之君。他利用皇权推动绘画，广泛搜求古今名画1500余件，分列为14个门类，编为《宣和睿览集》。他每天对照这些传世名作反复临摹，技艺大为精进。《祥龙石图卷》便是《宣和睿览集》

中的一册。画中的祥龙石上有两个孔洞，像两只眼睛，风可穿入。石头没有底座，如刘丹的画一般，不依靠于任何东西：失重。可怜的牛顿，他耗尽一生心血去理解地心引力，然而他错了，因为石头并不受引力的限制。石头飘在空中，它们是固体的云。人们以为石头很重、易碎，但它们却如蜂鸟一般悬浮在高空，迅捷而灵巧，就像科幻片里外星人的飞碟。

但是，石头的艺术却和科幻一点关系都没有，它与科学本身也没有相同之处，除非把科学看作是理解世界的一种方式。经常观察石头或许能让你学会更好地观察我们身处的世界，我们脚下的星球。我有时会想，不应该把这星球叫作"地球"，而应该叫它"石球"。它的内核是一块石头；而我们的肉身也更有可能化为石头，而不是尘埃。水会蒸发，空气不可捉摸，有机体注定会消失。石头是所有元素的总和。石做的碑，是我们在地球上最后的堡垒。墓地里，布满了刻在石头上的名字。在西安碑林，可以找到唐代的景教碑，里面提到了耶稣："我三一分身景（景）尊弥施诃戢隐真威，同人出代。"人们伫立碑前，双手合十祷告。

第八章

*

收藏文人石的传统可以追溯到唐代，但这种文化其实在汉代就发源了。最近，赏石在中国获得了复兴，而一些狂热的收藏家也让西方认识到了这种艺术。最引人注目的石头，在形状和质地中都蕴含着巨大的能量。根据道家思想，这种原始的能量是万物的本源。从古到今的石痴最爱的，是那些能引人遐思的石头。它们的形状会让人联想到道教名山，比如华山。在西安度过了三天后，我曾和M. 在某个雾气蒙蒙的周末爬过华山。M. 想带我去看古都西安的兵马俑这支在地下深埋了两千年的军队。在居所中拥有这样一块石头，轻巧地放在木底座上，伴着在马背上获得诗情的李贺的诗，也是神游的一种方式。石头的大小无关紧要，因为真正的心灵可以在一粒沙中看到整个世界。石头是创造之源，它们是创造的基本元素。因此我们需要学会观察它们，尊重它们，只因它们是石头本身。

在唐代，石中最珍贵者莫过于太湖石。太湖所在的今江苏省，毗邻浙江。到了宋代，产于安徽的灵璧石则最是不可多得的宝物。太湖石大多为浅灰色，有时也呈白色或黄色；灵璧石色黑，或深灰。像灵璧石一样黑的英石也备受欣赏，但它的质地并无灵璧般光滑，而是布满白色或彩

>>> 石头新记

色方解石的矿脉。

经由内部能量的推动,石头在形成的过程中不断演变着。正如宋代《玉清内书》所述:"天地大道,万物久长,元和之气,长生者莫过于日月星辰。阴阳五行,昼夜依土而生,终归于土,随四时更变,然有限期。亦是自然之道。假今松脂含受太阳气,一千年化狭苓,照耀复一千年为狭神,更一千年为琥珀,更一千年为水晶,皆是日月之华气,照耀成精。"

触摸,交融,沉淀,液体的蜕变——石头的情色。美洲印第安人也注意到了元素的转变和石头的重要性:绿松石,缟玛瑙,还有孔雀石。事实上,所有的文明都对此充满兴趣。石头甚至可以用来定义人类的进化:旧石器时代,新石器时代。石器时代,始于距今约三百万年。

在中国,明代和清代的文人皆痴迷于石。他们熟谙赏石艺术,就如他们熟记典籍跟擅用毛笔一样。明代之前,米芾、宋徽宗皆以石为伴。徽宗所绘的《祥龙石图卷》如今藏在故宫,这块石头集中了所有的优点:高低有致,变化多端,孔洞相叠。观之如临化境,引人遐思。

每一块石头都有自己的个性,自己的品格。这首先源于它们的物理成分、地理来源和形成:矿物、喷发物、火

第八章

成岩、变质岩、沉积岩……也源于周围环境的偶然：两种岩层的巧合相遇，穿过一块岩石的裂缝和运动。然后是它们的形状，被时间、水和风打磨，在长久的磨损和突然的破裂后成形。石头的世界，是所有生命世界中最多样的。"我所说的是裸的石头，魅力与光荣，它们隐藏又同时透露着一种更缓慢、更宽广、比转瞬即逝的物种的命运更为庄重的神秘。"①

爱石之人在石上题字，是占有的一种方式。在中国，书写是意志的最高表达形式。在一件物品上题字，就是赋予它全部的灵魂，就是将它献给自己。18世纪，乾隆帝曾狂热地在御花园的石头上挥毫。乾隆善行书，仿佛在努力回溯岁月，最终与石头的时间步调一致。

沉积岩是另一种石头，有着古色古香的光泽，看上去就像石制的木。还有蜡石、栖霞石、瓷石、皇宫里雕龙画凤的大理石。北京故宫中的九龙壁上，镶嵌着青绿色的石头。

当我们无法用毛笔或想象力重建石头的时候，就得想

---

① 罗杰·凯卢瓦《石》题献，1966年1月。

>>> 石头新记

方设法把它们运到身边。用于建造园林的石头,每一块往往都重达数吨。于是,人们会在隆冬季节,沿着结冰的道路长距离拖运山一样大的巨石。

在古代,人们认为一些石头能说话,另一些则能预言时间。

人们常常将石头与生育能力联系在一起。除了罗杰·凯卢瓦之外,另一位大赏石家是喜欢在漫漫长夜研究学习的耶稣会士费尔南·德·梅里。1895年,他出版了一部关于中国炼丹术的作品;一年后,又写成《古代与中世纪金石》一书。书中,他不拘形式地翻译了李时珍编著的《本草纲目》。人们或许会认为神甫和耶稣会士并不了解生育相关的问题。醒悟吧!在这个问题上,他们是专家。

石头为什么有着如此巨大的魔力,让中国文人如痴如狂?如果把波德莱尔名诗《异乡人》中的"云"字换成"石"字,或许能提供一个解释:

"你最爱谁,谜一样的人,你说?父亲,母亲,姐妹,还是兄弟?"

"我没有父亲,没有母亲,没有姐妹,没有兄弟。"

"朋友呢?"

"您用了一个词,我至今还不知道它的含义。"

"祖国呢?"

第八章

"我不知道它在什么地方。"

"美呢?"

"我倒想真心地爱它,它是女神,是不凋之花。"

"金子呢?"

"我恨它,一如您恨上帝。"

"唉!那你爱谁,不寻常的异乡人?"

"我爱石……过往的石……那边……那边……奇妙的石!"

石就像云。云就是石。变化多端,易于入梦,不可捉摸。

*

我在正方形房间的半明半暗中思索着。屋内雕梁画柱,四合院门口,一棵洋槐舒展着顶端弯曲的老枝。刘丹将他一幅名作的复制品托付给了我,那是一幅水墨长卷,结尾处刻画的石头呈现淡红色,如着火一般。真迹藏于加州圣地亚哥博物馆,编号是1998.1。画上正在进行着一场核聚变;地处地壳断层之上的圣地亚哥,等待着一场大地震。而这幅画本身,就是一种融合了火山爆发的地震。右手卷其轴,左手舒其绘,山水徐徐展开,像慢镜头一样播放。我的眼睛在水墨的变幻中模糊了，我迷失在这既无人物，又无花鸟的风景中。矿物的世界，纯粹、毫无保留。画上的墨迹早已干透，但看上去却比香炉里袅袅升起的烟还要变幻不定。小贩略带喉音的吆喝和夜鸟的歌唱偶尔打破宁静，然后，长卷重又吸收了一切，包括看它的人。

*

在《聊斋志异》里，蒲松龄讲述了一个啖石者的故事。王钦文家的马夫爱吃石头，就像素食主义者爱吃蔬菜一样。啖石者是否也是素食主义者中的一类呢？他尤爱白石，食之"如啖芋"。1766年的刻本中有一幅插画，这位著名的啖石者只裹着缠腰布，遍体生毛。他正拿着一颗石头对着太阳看，胡子拉碴的脸上露出笑容。他沉浸在简单而怪异的乐趣中，毫不在意别人的目光。近旁，三个人正在窃窃私语。我们可以轻易想象他们交谈的内容：

"你记得吗？他就是王嘉禄，王钦文老先生家的马夫。"

"是啊！就是去崂山学道的那个吧？"

"对，就是他。他念母亲年老，就回来了。"

"他身上长满了毛。"

"他几乎一丝不挂。"

"真是不雅。"

"等等,你还什么都没有看见呢,除了从地上捡起来的石头,他什么都不吃!"

这个小故事说明,在《聊斋志异》成书的17世纪就已经有吃石头的人了。事实上,这样的人从古到今一直都存在。啖石者并没有看上去那样荒诞不经,因此,切莫妄下定论。这块石头,放在五斗橱上,像黑巧克力的小花饰。

*

我在北京的生活变得很简单。只按照同一种节奏,那就是细心观察周围的石头。大隐隐于市,这就是石头的准则。刘丹、石涛和少数热爱大自然的幸运儿,并没有与世隔绝,而是耐心聚集内在的能量,准备着向外释放。一切,都在于这内在与外在之间。

*

生活在三千纪前的幸福的孤独者,他的生平会是什么样子?

他会尽可能多地坐飞机,让自己置身于来自遥远年代和地点的物品中。每天,他都会花上同样的时间注视其中一件,比如从阿拉伯公主四轮马车上掉落的铜制螺母,或者公元前5世纪希腊的大理石半身像。在触摸瓶中的一枝花或是散步捡来的枝条时,他也会感受到同样的快乐。如果他住在城市,地铁口发放的传单、印度餐厅的菜谱和旧货店的促销单都会博他一笑。他会喜欢这些单子花里胡哨的颜色,还有店家寄予它们的希望。他愉快地想,价格不重要,因为美无处不在。每一天,他都会确认这一点。

当然,他最爱做的,还是凝视一块有着奇异形状的石头。放置石头的珍贵木质底座因年久而发出古色光泽,他端坐在石头面前,让目光环绕它的轮廓。每一次,他都会惊异于自己又发现了一种新的光泽、新的颜色、新的角度。这块被他称为"路缘"的石头,胜过所有图书馆。互联网就更不用提了——那只是千百万个页面的喧哗与聒噪。

第八章

他会穿舒适而轻便的衣服,喜欢柔和的颜色,比如蓝色、灰色、浅绿色,但也不会反感更鲜艳的橘黄色和红色。他通常只穿黑色法兰绒,搭配一件简单的高领羊毛衫。他会精挑细选自己的住所;他很清楚,许多人的不幸都是因为他们不懂得选择居住地,或者无法将已有的住所收拾得更舒适。他将特别注意房子的整洁,但还是会让尘埃落在某些物品和某些家具上。对于那些指责他粗枝大叶的朋友,他会回答:"我是尘埃的朋友。"他会有意识地选择朋友;他更喜欢历久弥坚的友谊,而不是萍水相逢的缘分。他的朋友了解他,并小心谨慎地与他交往。他喜欢将朋友们一个一个地邀请来吃晚餐,只为更好地和其中的每一位交谈。他的朋友和朋友之间并不认识,他不喜欢集体、聚会或家庭。

夜里,他会起来好几次。一般是两点、五点,然后是七点。每一次醒来,或长或短,都给了他机会去沉思、阅读,或是记录对某个梦的记忆。有时,他也会选择在白天休息,直至午后,然后利用夜的沉静来绘画、读书或思考。醒来后,他通常会阅读法语或汉语经典。他喜欢在伸展时间和伸展肌肉中开始一天。他会做一些健身运动来保养身体。他有精挑细选的朋友,他注意不偏爱其中的任何一位。

苟日新，日日新，又日新。

他熟记这句商汤刻在浴盆上用来提醒自己的铭文。汤创建了商朝，约前1617年至前1588年在位。每一次在石盆上俯身，商汤都会读到这句话。他觉得用这样一句有着三千六百年历史的格言作为座右铭很合适。日日新。这用肉眼就能看到。虽然岁月流逝，但他的生命能量还是毫发无损。他既不害怕身体的衰老，也不畏惧死亡。

*

生活一如艺术，需要懂得接受节奏的引导。这个道理适用于人，也适用于石。不要讶异，因为石头和道家圣人一样，是精神能量的高度浓缩。令大行家趋之若鹜的奇石，定是诡谲奇异的。能量曾在它们的内部舞蹈，造就了圣山，石头的华尔兹，浪和云。石头，是宇宙创生的原始能量散落到今天的碎片。

欧阳修不仅是宋代大文豪，还是著名的政治家、散文家、史学家、书法家和诗人。他曾钟情于石，自号醉翁。

第八章

就像当时的很多官员一样，欧阳修将生命中的一部分时间献给了国家，另一部分则献给了文人乐趣，从书法到古玩，不一而足。在《菱溪石记》中，他曾这样描写石头："菱溪之石有六，其四为人取去，其一差小而尤奇，亦藏民家。其最大者，偃然僵卧于溪侧，以其难徙，故得独存。每岁寒霜落，水涸而石出，溪旁人见其可怪，往往祀以为神。"

欧阳修平生交游甚广，同样爱石的苏轼与他结为忘年之交。五个世纪后，一件明代木刻终于让世人了解了苏轼"欲以百金买之"的"壶中九华"。这九座石峰相邻而立，仿佛地震仪或脑电图上的曲线。能量从中迸发而出，被空无穿过。石上的孔洞呈圆形或椭圆形，有一些甚至小过针孔。宋代的藏石大家皆欲得之，文人笔记也多有记述。五百年后，人们还在谈论它。而它如今的下落，却始终成谜……这就是中国，总是能让自己最珍贵的宝物消失无踪。传说便由此而来，它流传于世的时间，比最坚硬的石头都长。

>>> 石头新记

*

房东告诉我,她的女儿在成都参加毕加索的展览,我犹豫要不要去找她。这场展览真的值得跑一趟吗?每天白天,我都一个人度过,集中精力观察事物。晚上,我会去找刘丹,但并不是天天都去。有些日子,我一句话也不说。我化身为石,而这是一种真切的幸福。房东从未给过我如此多的自由和如此多的空间。他经常出差。深夜,我常常赤着脚,在空无一人的房子里踱步,虽然地板冰凉。

终于,我接到了M.的电话,她希望我去成都找她。第二天一大早,快递员送来了一张邀请函,上面印着一只蓝色野兽的局部图。信封里,还有一张北京到成都的机票。

去找她。去机场的路上交通很糟糕,我迟到了。我气喘吁吁,疲惫不堪,虽然没有托运行李要办理,但工作人员还是不让我登机。正在这时,命运出来干预了——我去中国那一天遇到的蓝眼睛老顽童,不知道从什么地方突然出现在我面前。他问我是不是遇到了麻烦;听我说完后,他用流利的中文跟工作人员解释了一番。几秒钟后,情况发生了大反转：工作人员面带笑容，邀请我用VIP通道过安检。蓝眼睛的老人此行也是去成都，说在参加完毕加索展览的开幕式后，他还要去青羊宫会几个朋友。这个陌生人究竟是谁？飞机上，我们坐在一起。他说自己专门研究古代道教，我后来问了房东才知道，他竟是该领域最著名的学者，在中国很受尊重。二十年来，他收藏了大量神像，都藏在北京一间20世纪80年代的顶层公寓里。房东跟我解释说，收藏道观的神像有很大的风险，因为每一尊神像都有魔力。据房东所说，名为范华的这个人能与所有神灵相安无事，恰恰证明神灵以之为友。的确，他每次都像道家的神仙一样从天而降，总是出人意料。是上天的旨意还是巧合？若不是他，我这次就无法在成都和M.会合了。

飞机上人不多，范华邀请我坐在他身边。因为他刚刚帮了我大忙，我实在无法拒绝。他并没有马上跟我说话。他六十多岁，或许更老，在黑色西装的映衬下，蓝色的眼睛更加闪闪发亮。他轻巧地从包里拿出一沓厚厚的手稿："我写了一本关于湖南道家雕塑艺术的书，马上就要出版了。"当我给他看我随身携带的普林尼时，他温和地笑了。这个老人，是智慧和内敛的化身。我问他还记不记得我，他说："当然了，您当时正要坐飞机去北京。"很快，我们聊起了石头。他仿佛对我的研究有所了解，并且知道石头对我的吸引力。他介绍说,自己家中藏有几件奇石,还有关于藏石的古籍,比如《素园石谱》正本,并邀我前去鉴赏。《素园石谱》在1613年由林有麟绘制,收录名石一百零二种。

*

刘丹并没有告诉我他也会去。我一走进展厅,就看到了他。他正在跟M.交谈,我听到了"罗马"这个词,猜想他们正在谈梵蒂冈的那块石头。M.见到我时并无惊喜,她假装平静,问我怎么看毕加索。奇怪的问题。此次画展将展出《草地上的午餐》的变体画,所以我一定不会失望。

巴黎的毕加索博物馆在闭馆翻修时期,曾经组织过一场极美的亚洲展览。毕加索博物馆坐落在玛黑区的萨雷宾馆中,该宾馆的第一位主人做盐生意发了财,就像弗里克画廊的第一位主人做钢铁生意发了财一样。毕加索的作品并不甘于裹在塑料篷布里,待在原地不动。他利用画展的机会去旅行:美国、俄罗斯、澳大利亚和中国,还有阿联酋、西班牙、芬兰、日本。他大步流星,在严格控制湿度的展厅里抽烈烟,用加泰罗尼亚语说脏话,看着人群

第八章

在他的生命前走过,笑之,怒之。他从上海世博会的中国馆里开始了华夏之行,北京则因为十八大的召开而拒绝了他。太冒险了!虽然毕加索因作品价值连城而在中国大获成功,但他的名声不好。没关系,他可以去成都。

当我到达成都当代美术馆的时候,这场秀已经开始了。一位浓妆艳抹的女士在话筒里高声叫嚷,说的全是客套话。保安戴着墨镜,穿得像战斗机飞行员一样。他们身上的迷彩服很是可笑,毕加索若在世,估计不会喜欢。他本就讨厌军人,格尔尼卡轰炸后,就更别提战斗机飞行员了。一位名叫吕澎的中国当代艺术史学家加入了刘丹和M.的谈话,我走过去和他们打招呼。我曾在浙大的那场研讨会上见过吕澎,他向我打听那位美国女学者的消息。M.绷紧了身体,我用眼神让她放心。

吕澎显然很懂毕加索——立体主义,现代主义;但他也了解石头的艺术吗?展厅的门开了。人群匆匆涌入的时候,M.轻轻地把手滑进我的手里,旋即又抽出,假装什么也没有发生。大镜头的单反、手机或是平板电脑——所有人手里都拿着相机,却没有人直接用双眼去看。吕澎被记者、官员、熟人团团围住,我们让他去忙应酬,自己则继续沉浸在形状和色彩的探索之中。正在这时,范华出现了。我越来越觉得此人不可思议：他能避开充满套话的官方致辞，恰恰赶在最佳时刻到来——这就是道教徒的一个本领。

刘丹大步前进，好像要赶在众人前面，然后又倒回来，逆着观展顺序走了一遍。他对自己说，立体主义和画石的艺术并没有如此遥远，它们都试图从不同的角度表现同一件物品，抵抗着经典的透视构图法则。人类的眼睛从不停歇，一直在探索运动。绘画必须与眼睛合作，毕加索就是这样做的。他描绘的并非客观现实（客观现实真的存在吗？），而是主观想象，就仿佛视觉信号送达大脑时只走到了半路。这样，观者在欣赏毕加索作品的时候，眼睛就能走得更远，唯一的条件就是懂得如何去看。他想起约翰·伯格曾说过："立体主义改变了绘画与现实之间关系的属性，因此生发出全新的人与现实的关系。"20世纪80年代，他曾多次在纽约和伯格会面。形状、色彩、立体主义是他们偏好的话题；谈到兴头上，一个下午很快就过去了。

第八章

*

在这个消费主义横行的时代,平庸的服装品牌GAP竟拿来毕加索、海明威、凯鲁亚克的照片给卡其裤做广告。再也没有人知道怎样越过手机屏幕,真正地用双眼欣赏毕加索的作品。既然如此,不如离开。刘丹第一个走。范华邀请我陪他去青羊宫。M. 犹豫不决,但最终没有跟我们一起去。我和范华搭了一辆破旧的大众车,车里满是大蒜和香烟的味道。

天下着毛毛细雨。古老的道观里,到处郁郁葱葱。红漆斑驳的顶棚下,孩子们正在院子里练武术,一个老道姑则兀自转着圈。导游说,这是一种锻炼方式。我从西装口袋里拿出尼采的《曙光》,大声念起来:"让学生质疑自己,是导师的道义。"傍晚,锣鼓声响起来。道观里很冷清,只有几个揲著草取卦的人,还有几个小道士蹲在院子里油亮的石板上削蔬菜皮。那边,一个矮小的老头儿正在擦洗高大的铜香炉。他们仿佛没有看见我;一个西方人在道观里大声念书,并没有让在场的任何人吃惊。范华走进了旁边的一座建筑,去见道长——他的一位老友。

>>> 石头新记

于是，我逐渐变得很孤单，因此，很快乐。只有三清殿前的两只铜铸青羊默契地轻轻颤动胡须，告诉我，它们知道我来过。

我们在回去的路上找了一家小餐厅，点了一道大白菜炖牛肉和一瓶白酒。范华说他得走了，还要见几个道士。"您知道，在中国，下一场革命将是道教的。"关上出租车车门之前，他又补充说，"我想到一件事。您觉得石头为什么能阻止危险的发生？"

*

回到宾馆后，我倚着窗，观察外面光辉灿烂的繁荣景象。人造的光线，从一幢幢丑陋的建筑物上流泻而下。雾气笼罩了一切。我连上网。邮箱里，几个"朋友"的头像旁亮着绿点，就像交通信号灯一样。虽然远隔千里，但我只要点击他们的名字，就能跟他们联系上。我猛地合上电脑，一头扑倒在床上。M.毫无音讯。无所谓。我打开电视，法语国际频道正在播放关于南美凉鞋产业的报道。我又想起毕加索，他一定会很喜欢青羊宫。

第八章

*

　　毕加索是怎样做到用张大千送他的那支毛笔绘画的？这个问题在我脑中萦绕。我躺在酒店的大床上，深深沉入睡眠。身体，一切都在于身体。只要观察过一个创作中的书法家就不难明白这一点：他在桌前站立，手臂悬于纸上，笔杆始终垂直于纸面，像罗盘的指针一样，不断回归北方。动中含静，静中亦动，如磐石一般。梦中的黎薇，手里拿着中提琴的琴弓。一小时后，我醒了，在笔记本上记下了这个梦。我没有遗漏任何细节，但这个梦将永远是一个秘密。

*

　　智力和人道可以并存吗？当然。但是，还是请好好看看毕加索《草地上的午餐》，或是倪瓒的山水。一片风景？几个人物？萧瑟秋风中的残枝败叶、枯荷断茎？倪瓒云："仆之所谓画者，不过逸笔草草，不求形似，聊以自娱耳。"毕加索说："我不演变，我存在。对我来说，艺术既没有过去，也没有未来。如果一件作品不能一直存在于当下，就完全不值得考虑。"

一件作品便是以这种方式，穿越了一年、五十年、一百年、六百年或更长的历史，无比精确地抵达了今天、现在、此刻：请看一看时钟，马上记下日期和钟点。这就是你的时刻：

日期：_____   钟点：_____

上面的两条线，像极了约公元前7世纪《易经》中的连线和断线。

*

1976年9月9日，北京，毛泽东因病去世。黎薇提议我陪她去巡演，她用一场场音乐会把我从恐惧中解救了出来。她带着我远走，长途飞机上的眩晕消解了恐惧。我们被抛向高空，像两颗长翅膀的石头。

在绝望与抗争中，石头出现了。我今天才意识到，在我们的童年时代，石头就已经开始了行动。孩子们如获至宝地搜罗小石子，他们知道这是宝贝。小时候。我有时也会在入睡前把一颗石头放在肚子上，以从中汲取能量。我能感受到石头的能量正渗透我的肚脐，在我的五脏六腑

第八章

中穿行,进入我的血液。终将成石的我,已准备好迎击时空。当时我还不到十岁,记得父母有一位定居新喀里多尼亚的朋友。她一年回法国两次,每次回来,都会带给我五颜六色的石头——绿色、红色、黄色……就像宇宙原本该有的样子。是啊,彗星和行星不也是五光十色的吗?

今天,在北京,当我开始怀疑一切并感到崩溃的时候,我会去故宫散心,比如,去看望御花园里的石头。每天,成千上万的游客在这壮观的宇宙碎片前漠然走过,无动于衷。对此,石头并不在意。它们那么美,那么坚固,生而长久,不管遇到什么困难。我坐下,定睛凝视它们的轮廓和起伏,让目光穿过因岁月侵蚀而形成的孔洞,然后带着前所未有的喜悦,从它们的顶峰滑下。我感到一种轻柔的孤独,一种怡然的自在。我也很喜欢去孔庙的"砚水湖"边。此处其实是一眼古井,由于井口形似砚台,故乾隆帝特赐其"砚水湖"之美名。相传,若仕子学人用井水磨墨,必会文思焕发,落笔如神。有时,我也会面对着一棵七百年的柏树,在长凳上小坐。这棵柏树为元代国子监祭酒许衡所植,它像一块历经沧桑的石头,郁结着几个世纪的时光、风雪、雨水,还有千百人的目光。

> 石头新记

第九章

1991年，刘丹决定重新审视"字典"，由此重新审视书写，即中国传统文化中最根本的部分。他并未远离石头艺术，因为在他眼中，"字典"和石头一样，都是即将被穿透的秘密。他想要穿过表面的静止，在汉字的笔画中，向人们展示运动中的能量。这意味着在毛笔的帮助下，绘出书中之书，并让它绕着地球旋转。他寸步不离工作室，细心观察一本藏有一万个汉字的民国小字典。他刚刚完成的一幅水墨山水，现藏于圣地亚哥博物馆。他想尝试一些新的东西。在当代艺术家还在老调重弹的时候，刘丹却在继续着他的探索。他想打破习惯，达到一种新的艺术境

第九章

界。就这样,他投入到第一幅彩色作品的创作中。童年时的刘丹,每天都会在南京的家中翻阅同一本小书。书的开本很小,像一册《新华字典》,或是一块纸做的砖头。从1957年首版开始,《新华字典》的再版不计其数,累计印行突破四亿册,推广了简体字。美国学者约翰·德范克曾就汉字简化以及民族主义与书写之间的紧密联系展开了深入的研究。在中国,书写是比口语更为根本的媒介。因此,刘丹在刻画民国小字典时,已经深入到中国政治的内里,却又不落入说教和宣传的窠臼。中国需要一次长久的集体心理分析;刘丹需要躺在心理医生的沙发上吗?当然不。他的自由是完全的,他什么也不缺。刘丹的静,让他接近无机的状态;静中的动,却令他的视野随着前进而扩大。刘丹是中国的英雄——不是当代的中国,而是古典的中国。就像米芾或石涛一样,刘丹穿过中国时间和空间的厚度。字典便是另一个明证。冒险以另一种方式继续着:刘丹笔下的字典展现了画家和政治家的历史——唐代诗人、画家王维,北宋王安石,还有书圣王羲之。他假装偶然将字典翻到这一页。偶然,成就了很多事情。

*

　　王维的大半生都生活在盛唐时期。在"三十老明经，五十少进士"的唐朝，王维二十岁便进士及第，官大乐丞。一生几乎顺风顺水的他，却是一位真正的叛逆者。经历了贬谪、复官、再贬谪，他却心平如镜，在诗与画中前行。王维的画在元代之后就已失传绝迹，但从他流传下来的诗句中，不难想象其画。正如苏东坡所言："味摩诘之诗，诗中有画；观摩诘之画，画中有诗。"他购得蓝田辋川宋之问别墅，过着亦官亦隐，傲啸山林的生活。他弹琴赋诗，饮酒策杖，自得其乐。他拿起毛笔，寥寥数画，便在纸上勾勒出一座山和一条船。船上二人，置身于一片梦幻般的水域中，似有所思。江水在船桨的拍打下汩汩作响，几乎要打破寂静。"晚年惟好静，万事不关心。"

　　社会动荡、财政危机、预算赤字、为维持和平而发起的战争……你们以为只有近几代人才经历过这些？其实早在1050年，宋代的中国就已经遭遇了同样的问题。信奉孔孟之道的改革者王安石，正是在这时发起了变法运动。当今的政治家，无论是中国的还是法国的，都应该去读一读他的《上仁宗皇帝言事书》。

第九章

再说王羲之的《兰亭集序》。刘丹曾在巴黎为集美博物馆手书过这篇千古美文。文章韵律和谐，潇洒自然，书法个性鲜明，遒媚飘逸，有如神助。读之，仿佛神游兰亭，沉浸于一片光明之境。它穿越了时间，与今天的读者对话。王羲之挥笔写道："信可乐也。"而后："夫人之相与，俯仰一世……虽世殊事异，所以兴怀，其致一也。后之览者，亦将有感于斯文。"原文中的多次涂改，恰恰体现了艺术家的真诚。他并不刻意追求完美，信手挥洒，反而尽至臻境。刘丹手书的《兰亭集序》长70厘米，宽24.5厘米。往返于中法两国之间的古董商孙牧之，将它一路运到了巴黎。刘丹告诉我，此幅是为他的朋友柯乃柏所画，临唐代冯承素摹本。《兰亭集序》真迹消失在皇帝的陵墓中后，冯承素摹本就成了流传下来最古老的三个临本之一，亦被公认为最得王羲之神韵。

*

在开始《字典》的创作时，刘丹住在夏威夷，重新审视时间以及对时间的书写。夏威夷的中国人很多。美国的这第五十个州完全由火山岛组成，从太平洋迸发而出，就像美丽而喑哑的金块一般。航海家詹姆士·库克在18世纪末发现了夏威夷岛，为了向他的赞助者、英国海军大臣三明治伯爵表达敬意，便把它们命名为三明治群岛。刘丹曾在这座巨大的岩石上居住，远处已有一百万年历史的冒纳凯阿火山像一个沉睡的巨人，海拔高达四千多米，如果算上水下的部分，它就比珠穆朗玛峰还要高。冬季山顶常有积雪，因此，当地人将它称为"白山"，即夏威夷语中的"冒纳凯阿"。刘丹常在群岛上散步：茂宜岛、卡胡拉韦岛、拉奈岛、莫洛凯岛、瓦胡岛、可爱岛、尼豪岛。普纳鲁吾海滩上，火山造就的黑沙从他指尖滑过。渡轮上，他看到了尼胡阿岛的岩石。他在首府檀香山度过了许多时日，特别是在大卫·季德身边。1987年，他在夏威夷大学艺术系举办了艺术生涯中的首次展览。"传统和当代绘画"——在简单的标题背后，他准备着中国艺术史上的一次大动作：与大师的对话。他确信古代的大家若活在当今，也会有幸与他相识。他对过去、现在和未来都充满信任，从不妄自菲薄，过分谦卑。刘丹在石头和花卉的艺术中前行；前者长久至百万年，后者则短暂如数小时，刘丹怀着同样的敬意看待这两者。

对刘丹和其他赏石大家影响颇深的大卫·季德讲述了下面这个梦：

"我正身处一间着火的房间。屋子看上去像是中国古代宫殿的藏书阁，或是书房，总之，是一处远离尘嚣的所

第九章

在。靠墙摆着一张张长桌,上面堆着数不清的书画卷轴。屋中家具皆以古木制成,在火的炙烤下渗出水分,像是在流汗。火焰的吼叫声更大了。屋子最里面,有一对做工极其精美的五斗橱。橱上涂着漆,镶嵌着螺钿。每一张五斗橱上都放着一件白玉制成的摆件,呈现出精巧绝伦又难以捉摸的形状。正在这时,一个洪亮的声音喊道:'快拿上所有你能带走的东西!'我想,我不可能把所有东西都搬走。梁柱轰然倒地。我突然意识到,这两尊小雕像一旦离开了它们的环境,就失去了全部的价值和意义。不全则无。因此,这些物件不可能被挽救。

"就在这时,我醒了。我总是被无解的难题惊醒。这是一场真正的噩梦,但现在我已经习惯了。或许可以把它称为,一种温柔的恐怖。"

当一个人这样说的时候,他必是明白了两件重要的事:首先,物品本身并没有物品的概念重要,因为物品的概念不可毁灭;其次,难题是有好处的,因为它总能让你从噩梦中醒来。

苏醒的大卫·季德本身就是亚洲艺术的伟大启蒙者。文人石专家斯蒂芬·利特尔曾在1987年芝加哥艺术学院出版的《怪石:中国文人石》一书前言中这样写道:"我想感谢森本康义和大卫·季德,是他们打开了我的视野,让我在1981年第一次去京都拜访他们的时候，看到了中国文人石的力量。他们是我的启蒙老师，让我发现了石头的神秘和真实之美。"评价如此之高，且评价者并非等闲之辈。利特尔是洛杉矶郡艺术博物馆中国和韩国馆藏馆长、耶鲁大学博士。此前，他还担任过檀香山大学艺术系主任。檀香山是文人艺术家的聚集地，而你们却以为夏威夷只是美国退休人群的巨型度假村。

  大卫·季德曾经是一个戴着棒球帽的美国男孩。他在肯塔基州的科尔宾长大，这座城市首先让人想到的是汽车工业和煤矿，而不是文化和艺术。他的父亲一开始在煤矿上工作，后来调到了底特律的一家汽车厂，全家人都搬了过去。生活本可以美国成千上万中产阶级的方式继续，但季德有幸在玩美式足球的年纪听到了《春之祭》。斯特拉文斯基改变了他生命的轨迹，让他开始渴望远行。1946年，年仅十九岁的季德在密歇根大学组织的一次交换生活动中，第一次踏上了中国的土地。北京。1946年。

  大卫·季德在北京一住就是四年。当时的北京还留存着一丝古都的风韵，雄伟的城门在帝都与郊野之间划清了界限。和谢阁兰小说的主角勒内·莱斯一样，年轻的季德在中国的一所高中教英语。正是在这些年中，他深深爱上了中国以及中国的艺术。这位年轻英俊、富有涵养的美

第九章

国人与一位名叫余静岩的大家闺秀结了婚。她出身名门望族,父亲是大理院的一位前高官。季德就是这样走进了中国古典贵族的私密生活:有着一百零一间房子的宫殿,镶嵌着沉箱的天花板,迷宫般的走廊,木鸟笼里养着黑色、灰色或带黄斑的八哥和鹌鹑,总是在第一缕晨曦中被挂上老槐树的枝头。在旧政权走向消亡的路上,余家人是季德的向导。大卫·季德永远也不会忘记这种快要凋零,或快要被遗忘的美。对于美而言,凋零和被遗忘是一样的,就像带刺的玫瑰对小王子所说的那样。他的婚姻和岳父的去世,被一些人称为是末代王朝的最后一场婚礼和最后一场葬礼。然而,1949年10月1日终于来临。那是一个晴朗而寒冷的周六,天安门广场上的大卫·季德,很可能是唯一参加庆典的美国人。他在《毛家湾遗梦》一书中记录了这段回忆。第二年,大卫·季德和妻子一同去了美国;他们离婚了。季德一直都知道,自己是同性恋。余静岩继续在加州从事高水平的科学研究,而大卫则留在了纽约,结识了这座城里所有亚洲艺术的爱好者。为了生计,他在亚洲协会谋了一个教职,一直在那里工作到1956年。但东方始终让他魂牵梦萦,日思夜想。中国关门了?他便坐船去日本。猫的第四次生命,终于开始了。

他在九州南边的新城芦屋市定居下来,搬进了一座三百平方米的老宅子,背靠着雾气茫茫的山。他的居所将成为一座真正的博物馆,一座亚洲艺术的殿堂。雕塑、文人石、绘画……一切都井井有条。他连最小的细节也不放过,甚至用落地窗上不同种类的油纸来调节自然光。光线,在移门的寂静中蔓延开来。谷崎润一郎在《阴翳礼赞》中描述了"障子"的重要性,希费尔曾将此书译成法语。

障子门上纵向细密的沟槽里仿佛积满了灰尘,永远浸染进纸里,纹丝不动,令人感到惊讶。这时,我仿佛目迷于这梦幻般的光亮,不住眨着眼睛。面前似乎腾起一片雾气,模糊了我的视力。

这是因为,那纸面上淡白的反光,无力赶走壁龛里的浓暗,反而被那黑暗弹回来,以致出现无法区别明暗的混迷世界的缘故。

诸君进入这种客室时,会发觉房间里飘溢的光线不同于普通光线,这光线给人一种颇为难得的厚重感,不是吗?还有,你在这样的房间里不会感到时间的过去,不觉之间岁月流逝,抑或怀疑自己一旦出来会变成一位白发老人,从而对"悠久"二字抱有恐怖之念了。

一位名叫森本康义的日本年轻人成了季德的私人司机。他开车带季德去大阪、神户,陪伴他去京都。很快,

第九章

他就升任为他的秘密顾问。然后，这两个彼此完全信赖的男人，在无数次充满渴望的眼神交错之后，成了情人。这对恋人安静地接受了自己的欲望，开始倾其所有搜罗藏品，与日本的藏家竞争。但他们始终醉心于中国艺术，因为正是在中国艺术中，他们读到了自己美学的来源。这一对情人成了敬畏、诋毁、崇拜的对象。表面上风平浪静，但社会压力的暗潮一直在涌动。超凡的品位最终将他们从社会排斥中解救了出来。在日本，美学高于道德。

这对情人过着完美的生活，在时间之外，或者，在真正的时间之内。毁灭之神决不能容忍这般美好——季德的宅院被推土机铲平了。今天，故居遗址上只能看到现代的建筑。季德和森本去了京都，在那里开了一所传统艺术学校，专门教茶道和书法。一些日本人在那里上课，因为他们感到传统正在消失。学校由一个神秘的组织资助，那是日本国教神道教的一个宗派。室内的布置很奇怪，甚至很难让人理解。然而，所有旅居日本的西方艺术收藏家都曾在此驻足。人们亲切地嘲弄季德，说他荒诞不经。因为他对异国情调的兴趣，一些人把他比作皮埃尔·洛蒂。但一旦跨过他的家门，人们便毕恭毕敬。阴翳中的古物，呼吸着岁月。大卫·季德会身着丝绸长衫，盘腿坐在榻榻米上。他会喝绿茶，并抽很多烟。他的眼神轻轻从你身上掠过，但并不停留。

刘丹在美国与季德相识。两个人很投缘；他们都知道，古即是新，新即是古。他们学会了谦卑与傲慢这两种互为补充的美德。大卫·季德扮演着年长者的角色，但他一定知道，没有必要在这个年轻人面前倚老卖老。他爱上他了吗？很有可能。但刘丹更喜欢异性的肉体之爱，并不被季德所吸引。季德理解他，并转变了态度，变得越来越真诚而友好。刘丹在美国生活的初期，他给予了很大的支持。不难想见，在发现"文革"后出生的中国青年依然醉心于美学传统，且对其掌握不逊于古代大家的时候，季德定是感受到了深刻的喜悦。刘丹一定给他看了画在康颂纸上的西式素描，但季德很有眼力，一下子就看出在每一笔之后，都透露着中国书画家的姿势。他知道，过去马上就会迸发而出。他时常后悔自己终日沉浸在怀旧中难以自拔，然而，这种迸发而出的过去并非怀旧，而是一种复兴。

*

夜里，石头就成了比黑暗更黑的块状物。它们安静地竖立着，与土地相连。

第九章

"我总是盼望能有一位聪慧过人的年轻学者来写一写我们,写一写我们的中国朋友。就趁现在,当我们还没有死去,没有被遗忘,趁我们还没有像峭壁一样在黑暗中崩塌,在我们还没有像人生之谜一样消失之前。"

刘丹到了。我已经在他家的客厅里坐了好几个小时。我们一如往常地抽着烟,一言不发。他不时去厨房端来热水泡茶,茶则盛在小巧的日本瓷杯中。"则武瓷器。这些茶杯可以追溯到20世纪30年代。装饰艺术。"他说话向来言简意赅,但若有需要,也会建造出语言的迷宫。我的茶杯上画着一轮夕阳,在异域的海上冉冉落下。本身很俗气的画面,却被绘制得如此之美。望着这瓷杯,我仿佛已置身夏威夷,在刘丹和大卫·季德身边。

1996年,大卫·季德在檀香山去世。这位传奇人物,曾与大卫·鲍伊为友。去世后,他的名字仍未淡出人们的视线。檀香山和京都之间,太平洋展开它辽阔的水域,货轮和集装箱船穿梭不息。这些船的名字在世界各大港回响:艾玛·马士基号、克里斯托弗·哥伦布号、亚美利哥·韦斯普奇号、漂亮的科尔特·雷亚尔号、悬挂巴拿马旗和利比里亚旗的商船,还有奇怪的法国系列——费德里奥、美狄亚、诺马和黎果雷多。

最后,刘丹跟我提到了一个叫连恩的人。他大半生都在日本度过，在当地负有盛名。连恩是一位像患了强迫症一样的藏家，他什么都买。认真的读者会发现，他和季德同一年出生。这个不是细节的细节，当然没有逃过森本的眼睛。连恩是一位著名的学者和日本艺术商人，对日本春宫图和浮世绘极有研究。他给后人留下一封信，其中明确表示，他的藏品必须赠予檀香山艺术学会，而另一位赏石大家斯蒂芬·利特尔就在那里供职。连恩去世时，森本进行了神道教的仪式，以解放他的灵魂。就这样，夏威夷的藏品变得越来越丰富；而在几年之后，这里又将需要新的补充。

*

我在东单地铁的过道里走着。彻夜长谈之后，我想走一走，坐坐地铁，看到人们的脸，感受别人的身体。时间还很早，成千上万身着深色西装的年轻人行色匆匆地赶去上班。我走进购物中心，在汉堡王餐厅里一张靠窗的桌子旁坐下。从那里望出去，熙熙攘攘的人群尽收眼底。

我打算等早高峰过去后再回房东家。原本密密麻麻的人群，渐渐变得稀少。我起身离开的时候，感觉自己的身体正在发生转变。虽然地下通道漫长无际，我却变得越来

第九章

越轻。一路上遇到的人都长着年轻的面孔,低头看着手机或平板电脑的屏幕。没有人注意到我,他们在别处,我也是。我的身体越来越轻巧,直到能在离地几厘米处悬浮。没有什么比这种轻巧更重要的了。我越是接近石头,就变得越轻,直到像石头一样轻。是的,石头很轻。它们中的一些甚至飘在空中。中国的画家热情地表现了这一点,直到刘丹——他能把石头升到很高的空中。此刻,你们正身处其中的一块,围绕着一只叫作"太阳"的火球快速运动。无论你生活在这块巨石的哪一边,无论你住在中国、法国、美国夏威夷还是日本,你都自由而独立。

*

有一些美德生来就注定要接受考验。当刘丹以水彩创作《字典》的时候,他并不急着完成。一个字一个字地画,哪怕细微的涂改也会毁掉整幅作品。石碑的雕刻工也是一样,在刻刀勾勒最后一个字的时候,他们会祈求上天,请神明保佑他们不出任何有可能导致前功尽弃的错误。中国的书画家,一直都懂得耐心的含义。他们知道,只存在身体上的耐心:身体加以规则,只要遵守就可以了。在《字典》的创作过程中,刘丹学习了身体的纪律，就像古代大书法家不知疲倦地抄写"四书""五经"一样。刘丹的《字典》中，一些字几乎看不清楚。但如果《字典》拥有魔法，能从画面中一跃而出，我们就会看到，每个字都堪称完美。"精确"二字便可总结刘丹的艺术：精确，直至纤毫，直至肉眼不可及之地。这个特点也表现在他对石头的描绘中。我有时会想，在刘丹笔下，是否一切皆已化石：有机、坚固、扎根于时间而时刻准备着去挑战时间。刘丹并不是抽象派画家。对于他，我们可以使用艺术史中的另一个词：具象派。

具象中，隐藏着生命最大的奥秘。

具象。最好知道我们在说什么。有些人并不知道他们有身体，不知道身体有局限，而局限没有局限，且时间注定要在静止中被穿过。这些人，可能永远看不见也听不到石头的音乐。除非坐飞机来北京，让城市花园中伫立的巨石教他们，或者让大师中的大师——那块破碎的界石——来给他们上一课。

*

艺术家（作家、画家、音乐家、舞蹈家等等）应该经常回答不可能回答的问题。2010年，美国一位女艺术批

第九章 >>>

评家约见了刘丹,她将为全世界最著名的纽约文化月刊写一篇文章。刘丹微笑着,彬彬有礼,头发无可挑剔地梳在脑后。那位艺术批评家询问他绘画的技巧,他回答说:首先是漫长的观察,接着打素描草稿,并以文艺复兴时期就开始使用的几何方法逐渐放大尺寸,然后用墨和毛笔画出,最后一步须一气呵成,不能进行任何修改。那水彩的《字典》呢?先画黑色?红色?然后画黄色?刘丹的回答让人心头一震:"我从中心开始。"从中心开始,以石头的方式。

*

石头的秘密也在于它们真正的价值。人们视之如珍宝;为得一石,不惜穿山越岭,掘地三尺,甚至用皮带扣着的十字镐打破山的岩壁。王公贵族用石头的光彩打扮自己:蓝宝石、祖母绿、红宝石,还有透明的钻石。一些女人打开她们的身体,只为在手心或胸前柔软的皮肤上感受石头的重量。为了壮阳或延寿,男人们捣碎石头,吞下粉末。孩子们把黄色和紫色的石头藏在木匣子里,埋在祖父母的花园中。木盒最终会消失,被潮湿和昆虫侵蚀,而石头则慢慢地沉入时间之沙。石头弥足珍贵,它们甚至是无价之宝,不可交易。

"我想起卡里奥·瑞兹克在去世前开玩笑说,如果他想在纽约买一幢新公寓,只需从《字典》里撕下一页就行了!今天,我需要一间在北京的工作室,或许是时候把这个想法付诸实践了。"

*

当刘丹创作《字典》系列的时候,很多行家都在思考他的技法:用楷书书写大量文字并保持一以贯之的笔力已属不易,而在弯曲的页面上书写同样的文字,让汉字也随着页面而弯曲,这就是前所未见的了。石头教给他一种确切的书写法则,可以以千种方式演绎。一张大纸,撑在木画框里的画布,庙宇的墙壁,或者此刻你正捧在手中的书或触屏。你已经准备好回答下面这个问题:一公斤铅和一公斤石头,哪一个更重?别答错了。

*

石头的这种让人惊叹的轻巧,让它们能够在远远高

第九章

于时钟和日历的高度飞翔。而那些参透了这一秘密的人，也享有同样的特权。刘丹传记中的日期尝试把他变成一位历史人物，但更重要的其实在于"虚—时"，就像杜尚所说的"虚—薄"一样。我们人生的字典里，都记录着什么呢？刘丹1953年生于南京，1981年离开中国前往夏威夷，1993年移居纽约，二十五年后才重返中国。在《字典》的出版说明中，一定会列出他举办的展览，特别是2013年春天在苏州博物馆举办的那一场。《字典》并不会提及季德对刘丹产生的隐秘而深刻的影响，但一定会提到刘丹的世界性。他的足迹遍布日本，还有伦敦、巴黎。巴黎，这座伟大的城市，却经常被法国人贬低。这些法国人笨重得可怜，但只要他们愿意，仍可以翩翩起舞，轻歌曼妙。

*

  刘丹以无为而为之，这是最佳的创作法则。他活在时间之内，白昼之内，黑夜之内。他很少旅行，因为相比于石头、毛笔和眼睛，飞机要慢得多。

  1999年到2000年间，当全人类都做着世界末日的噩梦时，刘丹献给纽约一场以花卉为主题的画展。中国画家最善画花，因为他们知道怎样去看。在这些画家笔下，花卉不仅仅是色块或带着香气的球体,更是精确而生机勃勃的细节。在世间万物中,花是自然之孤独的最美丽的象征。

跨世纪的那一夜,刘丹独自一人留在他纽约的漂亮公寓里。他这样过得很好。为了抵抗21世纪和无名之日的噩梦,画和石,时间的两个春天。

*

至于刘丹旅居海外的那段岁月,大可不必太过关注,因为即使没有出过国门,刘丹也不会有太大不同。他艺术家生涯的开端也很令人不安。1979年,刘丹去敦煌生活了两个月,专门研究古代壁画。他画了一系列素描,在工人文化宫展出。1980年,他参加了江苏省美术馆的一次集体展览,展览的主题是"农民生活"。在那里,外国参观团络绎不绝。他们张大着惊叹的眼睛,就像今天去深圳的高科技工厂参观的外国企业团一样。车间里,年轻的工人们面带微笑,假装在崭新的机器上工作。

1999年,石头走进了刘丹的世界。它们有的是时间,更不把数字放在眼里。一三九。一片飘进风中的花瓣:依照石头的时间,这仅仅是一口气息。石头的时间,不以千

第九章

年计算。

对于寿命大多以两位数计算的人类而言,日期还是至关重要的。1999年,芝加哥艺术学院组织了一场极美的展览。这场以"中国的文人石"为题的展览,必将被中国艺术史铭记。2012年,集美博物馆组织了另一场"文人石"大展,影响力辐射了整个欧洲。展览背后的那个人,正是刘丹青年时代的好友柯乃柏。他在北孚日的一座小房子里运筹帷幄,组织了一切。他以三只猫和艺术为伴,自得其乐;但如有必要,他也会随时乘坐飞机或高铁,奔赴北京、上海、首尔或京都。

某天晚上,几杯酒后,房东在我面前展开了一幅画卷。上面写着一个大字:仁。区区四笔,只需五秒即可完成——笔力和简洁让人惊叹。书法之美让我想要起舞。四合院里,喝了几升波尔多红酒的我们疯狂地跳起舞来。我们手拉手,跳起了法兰多拉舞。小狗狂躁不安地对我们叫着,但很快被快乐感染,也与我们一同舞动起来。我们放声笑着,尽情跳了好几分钟。月亮在天空中闪耀。院子的角落里,一块十几米高的太湖石沉浸在月光里,仿佛也在与我们一起舞蹈。红叶被吵醒了,出来看个究竟。面对这场景,她惊得睁大了眼睛,回到房间,我听见了门反锁的声音。欢迎来到疯狂的墨舞和石舞中。

>>> 石头新记

*

M.去了夏威夷。她发来邮件,说打算在那里定居。她在檀香山大学获得了一个研究员的职位,同时也为博物馆工作,特别是连恩的藏品。季德待在那儿,微笑着;他抚摸着一只在膝上熟睡的肥猫,和善地注视着石头新的故事。

"我不了解海。石头之后,我想理解水。"她在邮件的末尾写着,"过来找我吧,你会过得很好。"

最后几天的夜里,我时常去鼓楼后面的老城区散步。房东告诉我,整个街区都将被夷为平地,重新布置。昔日的胡同渐渐变成了游客的飞地,再也看不到穿着开裆裤的孩子在砖头垛上玩耍,或是老年人晒太阳闲聊的身影;再也看不到疾驰而过的三轮车,或是清晨冒着热气的包子铺。鳞次栉比的商店、美国式的流行文化、奥巴马的T恤、印着标语的丑陋帆布袋取代了往昔简简单单、邋里邋遢的生活。在追求进步的领导者眼中,这样的生活未免太市井、太不符合城市的新形象了。装模作样的餐厅、难闻的薯条摊、招揽客人的高音喇叭。那两座越来越孤单的大厦,矗立在这可笑的沙漠客栈上。我突然意识到,是离开的时候了。刘丹将在他安静的公寓里继续绘画,在世界的

第九章

夜里前行,因孤独而愈加强大。

我和房东一边听着奥斯卡·彼得森的巴赫蓝调,一边喝着威士忌。屋中摆着一张长桌,两端弯曲,深色的木头极为光滑,反射着灯的光线。房东有力地展开一张画卷,他定睛注视着绘画,对我说:"刘丹。他有笔和墨。"

我想起黎薇说过的一句话。此刻的我,仿佛重又看见她仰起头,蓝色的大眼睛里盛着喜悦的泪水:"必须懂得顺势而行。"她的眼睛,俨然就是路易丝·奥松维尔的眼睛。安格尔笔下的路易丝很是严肃,但她应该像爱笑的黎薇一样美丽。石头呢?它们会顺势而行吗?刘丹在巴黎、纽约、伦敦、东京、檀香山的展览都证明它们可以。奥斯卡·彼得森炭黑色的大手在钢琴键上轻盈地舞动,像泪谷上的天使。韵律。我越来越喜欢周围的空气,石头也置身于同样的空气中。我越来越喜欢这张白纸,上面布满了深蓝色的字迹。我想到王羲之,还有他的《兰亭集序》。我想到曹雪芹,借用了他的标题。我会去找M.,不管是在夏威夷,还是其他任何地方。因为我爱她。爱,是一颗看不见的石头,由它之前的所有微粒组成。我爱M.,也爱黎薇。我热爱那种懂得以石头的节奏自我更新的生活。大大小小的石头,跟随着书画家的毛笔,在空中、在纸上飘浮。这位书画家或许叫刘丹,生活在21世纪的北京。我走之前,刘丹送给我一件他收藏的石头。他为我从罗马带回来的那块石头画了肖像,并赠与我十幅复制品中的一幅。作为回赠,我把刚到北京时从法国带来的三十七卷老普林尼的《自然史》送给了他。

在去往檀香山的飞机上,我打开画册,里面有一幅刘丹的素描。背面,淡淡地写着几个汉字。我的中文有所长进,但还是得借助字典来翻译整句话。这句话出自唐代李德裕:"名山何必去,此处有群峰。"

*

"艺术实践是一种恩宠,必须延展到整个生命。"

黎薇重复着这句话,仿佛它是一把钥匙,一句魔咒。她出事的前一天,我在她发来的邮件里读到了这句话,还有绵绵情话。仙女俯下身,每个人都得抓住这次机会。酒店坐落在威玛纳诺海滩,对面就是马纳纳岛。在拂晓夺目的光线里,天空有群鸟飞过。酒店房间的小桌上,摆着刘丹送我的石头。正是那块十二面容姿面面不同的石头,它如此轻巧,能乘风而起,穿越云彩。

寂静的音乐,流淌在石头的每一个颗粒中,每一条纹

第九章

理下，每一道皱褶里。音乐漫溢出来，给石头以生命。

就像此时此刻不容置疑、不可毁灭的幸福，任何人、任何事都无法把它从我们手中夺走。

本小说基于亚洲古典与当代艺术，与刘丹生平相关的内容均属实，并保留了一些代表人物的真实姓名，其他纯属虚构。

· 左岸译丛 ·

柳鸣九先生郑重推荐

出版：2016年1月
定价：32.00元

出版：2016年1月
定价：32.00元

出版：2016年1月
定价：32.00元

出版：2016年1月
定价：32.00元